D1528348

CIUDAD TOMADA

MAURICIO MONTIEL FIGUEIRAS

NARRATIVA

PROVEEDORA
escolar
¡LIBROS PARA TODOS!

DERECHOS RESERVADOS
© 2013 Mauricio Montiel Figueiras

© 2013 Editorial Almadía S.C.
           Avenida Independencia 1001
           Col. Centro, C.P. 68000
           Oaxaca de Juárez, Oaxaca
           Dirección fiscal:
           Calle 5 de Mayo, 16-A
           Santa María Ixcotel
           Santa Lucía del Camino
           C.P. 68100, Oaxaca de Juárez, Oaxaca

www.almadia.com.mx

Primera edición: marzo de 2013
ISBN: 978-607-411-120-0

Impreso y hecho en México

CIUDAD TOMADA

MAURICIO MONTIEL FIGUEIRAS

Almadía

Para Lya, a la espera de que tome
por asalto sus propias ciudades

Salimos a la calle. Antes de alejarnos tuve lástima, cerré bien la puerta de entrada y tiré la llave a la alcantarilla. No fuese que a algún pobre diablo se le ocurriera robar y se metiera en la casa, a esa hora y con la casa tomada.

JULIO CORTÁZAR

EL COLECCIONISTA DE PIEL

Azufre.

Ése, recuerda Silva mientras recorre una avenida que luce bañada en sangre bajo el atardecer, era el olor del que se quejaban los vecinos que cinco años atrás solicitaron la intervención urgente de la policía en un edificio de departamentos del Centro de la ciudad.

Ésa fue la tarjeta olfativa, intangible, con que el Coleccionista de Piel se presentó ante el mundo.

—Apesta a azufre —dijo la mujer que habló desde un teléfono público, la voz entrecortada por el tráfico vespertino—. Es insoportable. Y sabemos de dónde viene: del R. Ya lo comprobamos. El tipo que vive ahí lleva tres días encerrado a piedra y lodo. No contesta, no abre la puerta; sólo se oyen risas, ruido de televisión. Es un vicioso, mi hijo lo vio una vez fumando droga en las escaleras. A lo mejor se murió. ¿No es así como huelen los muertos?

Si la memoria no le falla —vaya modo de aceptar que los recuerdos son inestables como las nubes—, Silva acudió al llamado difundido por la radio policial por dos razones: no estaba en servicio, y la clave usada por el despachador en turno —209, sujeto atrincherado en vivienda— se le antojó anacrónica, parte de una época arrumbada en un archivero de cerrojos oxidados que quiso abrir con la llave de la curiosidad. "O del morbo", admite al dar un volantazo para permanecer en su carril.

En su mente se empieza a perfilar con nitidez toda la escena. Ahí está el edificio de departamentos: un decrépito sobreviviente del sismo que devastó varias zonas de la ciudad —el Centro fue una de las más afectadas— a mediados de la década anterior; una construcción de cinco pisos cuya fachada parece mimetizarse con el ocaso que se desploma sobre calles y tejados con la pesadez de un paquidermo. Justo eso semeja el edificio: un elefante que hubiera decidido agonizar entre viejas vitrinas pobladas de maniquíes que contemplan con añoranza el fulgor juvenil de bancos, bares y restaurantes. La gente que camina ante el inmueble absorbe su tristeza sin advertirlo, un contagio que se traduce en el enturbiamiento de la mirada y la súbita lentitud en el andar. Pero el momento pasa y el peatón recupera el lustre, alejándose a toda prisa rumbo al siguiente renglón de la agenda.

Azufre, en efecto.

Como una presencia azul, el olor baja por el cubo de las escaleras y se extiende hasta el vestíbulo iluminado por bombillas tartamudas, donde Silva se topa con dos agentes que interrumpen su charla con una mujer de rasgos contrahechos, la autora de la llamada, para observarlo con extrañeza.

—¿Qué hace aquí, detective? —pregunta el agente más joven— Es un 209, todavía no hay…

—Andaba cerca —ataja Silva— y quise darme una vuelta por si algo se ofrecía. No se preocupen, ustedes continúen. Es su asunto.

—Se agradece la mano extra —dice el segundo agente, conciliador—. Incluso ahorramos tiempo si la cosa se pone fea, aunque creo que nos las arreglaremos. Nomás le pido que nos deje trabajar, sabemos qué hacer. ¿De acuerdo?

Guiados por la mujer, que no para de refunfuñar entre dientes algo sobre vecinos que uno nunca acaba de conocer, los tres policías comienzan a subir las escaleras hundidas en una penumbra oleaginosa. El olor, cada vez más intenso, serpentea como si quisiera remedar los diseños vagamente *art déco* que adornan el barandal, la sinuosidad del grafiti que puede vislumbrarse en los muros. En cada piso se repite el mismo panorama: corredores alumbrados por una suerte de grasa de bajo voltaje, flanqueados por puertas que se abren revelando figuras que se asoman para esfumarse con rapidez, y rematados por vitrales a través de los que se escurre la sustancia del crepúsculo. De un sitio impreciso se desprende el llanto de un bebé, un vagido que remite a un ciervo atrapado en un cepo en el corazón de un bosque; Silva imagina el forcejeo de la criatura, las dentelladas al aire, la piel que se desgarra, el hueso reventando en astillas fosforescentes. En un rellano de la escalera, una sombra gorda se separa de sus compañeras y repta pegada a la pared, pero no tarda en reincorporarse a las tinieblas.

En el cuarto piso, el olor ya es un bozal que provoca arcadas a los dos agentes, obligándolos a llevarse una mano a la boca y la nariz. Silva los imita; siente escozor en los ojos.

–¿Qué les dije? –dice la mujer, la mitad inferior de la cara cubierta por un pañuelo sucio– Llevamos tres días aguantando esta pestilencia, y hoy se puso peor. Así no se puede vivir. Es por aquí.

Sujeta por un solo tornillo, la R metálica que cuelga de cabeza en la puerta hace pensar en un jeroglífico egipcio. Los tres agentes y la mujer se detienen frente a ella. Debajo de la letra hay una mirilla bloqueada desde el interior por un objeto negro. "Cinta aislante", se dice Silva, constatando que el olor emana en oleadas regulares del interior del departamento. Con las facciones descompuestas, el agente más joven llama a la puerta tres veces. Le responde el sonido amortiguado pero inconfundible de risas que estallan, seguidas de aplausos y el rumor de voces catódicas.

–Policía; abra ahora mismo –en el tono del segundo agente se filtra un timbre nervioso, pero su puño no flaquea al aporrear la R torcida.

Al cabo de un minuto de silencio puntuado por risas apagadas, los agentes piden a la mujer que se aparte. Mientras su compañero lo cubre, el más joven se lanza a patear la puerta, misma que termina cediendo con un crujido óseo: el chasquido de la pata que se rompe cuando el ciervo abandona el cepo para desangrarse entre los inmensos árboles de la noche.

"Bienvenidos", recuerda haberse dicho Silva, "a la fuente de la que brota todo el azufre del mundo, al manantial de la fetidez primera. Bienvenidos a la guarida de la bestia que ha preferido hibernar para no caer en ninguna trampa. Bienvenidos al imperio de la podredumbre".

Los despojos orgánicos e inorgánicos acumulados en montículos que parecen obedecer un orden premeditado, casi geométrico; el murmullo de alimañas que circulan a sus anchas entre la basura y los escasos muebles; las ventanas selladas con cinta aislante para impedir una mínima fuga de oscuridad; las paredes llenas de vocablos y nombres que comienzan con *R*, escritos con una caligrafía que evoca dibujos primitivos –relámpago y rubí, Rabelais y Ruanda–, y el olor, antes que nada el olor, amo y señor de la pocilga: todo, aun el burdo bosquejo de algo similar a una galaxia que se adivina en el cielo raso de la estancia principal, contribuye a crear la impresión de una tumba hermética, una cripta faraónica presidida por una butaca colocada en el centro de un círculo trazado con tiza roja en el suelo.

"El círculo de Giotto", recuerda haber pensado Silva, "el mensaje de perfección que recibió el papa Benedicto XI de manos de un cortesano que visitó el taller del pintor en Pisa. Un círculo sublime, exacto, poderoso, sin un solo titubeo. Un anillo para que el universo se lo calce".

Sentado en la butaca que hace las veces de trono desvencijado, se encuentra el soberano de ese reino de detritos: un hombre de edad y rostro indefinidos –un rostro que es más bien la primera imagen que viene a la mente cuando alguien dice la palabra *rostro*–, un verdadero saco de huesos que, no obstante, mantiene la espalda erguida; la mirada fija en el televisor que perfora las sombras con un brillo espasmódico; el oído atento a las risas que surgen de la pantalla en ráfagas periódicas; el olfato ajeno al hedor del que pende –más débil pero innegable– el aroma a *crack*.

–Policía –dice, venciendo una nueva arcada, el agente más joven–. Los vecinos se han quejado de la peste que sale de aquí… ¿Me oye?

Las pupilas dilatadas del hombre se desvían casi imperceptiblemente del televisor, deambulan alrededor del aparato y se detienen en algún punto encima de la antena. Su voz, como su rostro, es de una neutralidad que eriza el vello del cuerpo.

—¿Estás ahí? ¿Dónde estás? ¿Adentro o afuera? —susurra, y entonces una explosión de carcajadas vuelve a reclamar todo su interés.

—Está ido, ¿no ven? —dice la mujer desde el umbral del departamento, sin despegarse el pañuelo de la cara— No puede ni hablar, maldito vicioso. Púdrete si quieres, ¿me oíste?, pero no pudras a los demás.

El segundo agente la interrumpe y, asiéndola del brazo, la conduce al corredor, donde la mujer se deshace en una retahíla de insultos ahogados por la puerta que Silva cierra con cautela para luego dirigirse al policía más joven:

—Encárgate de dar una buena revisada, a ver si localizas de dónde viene el olor. Yo trataré…

—¿Qué es esto? —lo ataja el agente, movido por la náusea— ¿Qué es esta mierda?

Entre los dedos agita un frasco con algo que, de golpe, remite a un pedazo de papiro, quizá un trozo de cuero apergaminado. Silva parpadea y su vista, habituada ya a la penumbra del departamento, registra los envases de cristal de distintos tamaños alineados sobre el piso que centellean a la luz del televisor entre los cerros de basura, como si fueran la instalación de un artista conceptual. Extrae de un bolsillo los guantes de látex que suele llevar consigo y al cabo de ponérselos toma uno de los frascos; lo examina —hay restos de una etiqueta de mayonesa— para luego destaparlo. Con un leve mareo, descubre que el papiro es en realidad piel humana: un triángulo cutáneo cuya irregularidad delata que fue arrancado con los dientes. "Una colección de piel", se dice, "este tipo se colecciona a sí mismo desde hace varios días. Curioso que la droga despierte el afán de coleccionista, al museógrafo del organismo humano que todos traemos dentro. La droga, y las risas pregrabadas de los *sitcoms*".

—¿Qué es, carajo? —insiste el policía joven.

—No sé... No sé —contesta Silva, cerrando el envase y regresándolo a su lugar—. A ver qué dicen los del laboratorio, pero no creo que haya que preocuparse —inhala profundamente—. Anda, revisa el departamento y yo me ocupo del vecino incómodo. Ojalá pueda sacarle algo.

En cuanto el agente entra en una de las habitaciones posteriores, Silva se acerca al hombre de la butaca, que en todo este lapso ha mantenido una parálisis de roca: la respiración acompasada y el pestañeo ocasional son las únicas pruebas de que no es un sedimento, un cadáver atado al mundo por el cordón del flujo catódico. Silva se agacha y le pasa los dedos frente a los ojos; al no obtener respuesta, levanta las mangas de la camisa que parece colgar de un gancho. Aunque confirma sus sospechas, la visión de manos y brazos amoratados, en carne viva, no deja de provocarle un escalofrío: imagina los dientes que roen la piel con lentitud, el dolor disuelto en una niebla donde despuntan carcajadas mecánicas, la meticulosidad requerida para guardar cada jirón propio en la urna improvisada que le corresponde. Y entonces alza la mirada para toparse con unas pupilas que lo estudian desde el fondo de un túnel de vidrio licuado, mientras el olor a azufre se intensifica.

—¿Quería una cogulla, señor, un sombrero de peregrino, una máscara? —murmura el hombre, esbozando una mueca que pretende ser sonrisa.

"Esa voz", piensa Silva, "esa voz. ¿Por qué, pese a ser tan neutra, suena tan familiar? ¿Por qué evoca transmisiones oídas entre la estática del sueño, diálogos en un idioma desconocido que semejan más bien intercambios de pulsaciones eléctricas?". Incapaz de elevar sus palabras por encima del balbuceo, dice:

—Es la policía. Los vecinos se han quejado de usted, por eso estamos aquí. Lleva tres días metido en este basurero que apesta en todo el edificio. ¿Entiende lo que le digo? Soy el detective…

—A mí no me engañas, ¿sabes? —ataja el hombre, el intento de sonrisa atornillado a su rostro—. No importa que hayas desobedecido y te hayas involucrado: eres un peregrino como yo, y entre peregrinos no nos leemos las manos. Por eso he preferido comérmelas y guardarlas. Quiero llevarme aunque sea un trozo de este cuerpo cuando vengan a recogerme. Un *souvenir*, ¿sabes?, un recuerdo de este mundo que uno nunca acaba de conocer. Como a los vecinos —la sonrisa se desvanece cuando un nuevo estallido de carcajadas surge del televisor. La voz del hombre es ahora el jadeo del ciervo que expira en el bosque—. Están por llegar. Puedo sentirlos. Vendrán pronto. Muy pronto. Tengo ganas de verlos. Los he extrañado. Pero ya vienen. Me dijeron que los esperara aquí. Éste es el lugar. Si me muevo, se olvidan de mí.

—Será mejor que se levante —Silva sacude la cabeza, luchando contra el mareo que empieza a invadirlo—. No sé de qué habla.

—Claro que lo sabes, sólo que no quieres aceptarlo —el hombre devuelve la mirada a la pantalla como si buscara apoyo—. Pero no importa. Al principio es difícil y luego te vas haciendo a la idea, créemelo. Con la energía oscura pasa lo mismo. Cuando te enteras que se conoce únicamente veinticinco por ciento del universo y que lo demás es silencio, sombras sobre sombras, juras que vas a enloquecer. ¿Cómo, te preguntas, he podido vivir rodeado de tres cuartas partes de oscuridad, tres cuartas partes de nada, sin darme cuenta? ¿Cómo es posible que mi universo se haya reducido a una cuarta parte en un abrir y cerrar de ojos? ¿Quiénes habitan el resto? —el hombre suelta un cloqueo metálico— La cosa es aprender a diferenciar entre ellos y nosotros. Ése es el quid de la cuestión. Ellos deben hacerse las preguntas mientras nosotros nos mantenemos al margen. Observar, catalogar y reportar: ése es nuestro trabajo, por eso estamos y estaremos aquí. Obedecemos órdenes: no involucrarse, no reproducirse. Somos los observadores, un porcentaje de la incógnita del setenta y cinco por ciento. Ellos temen que nosotros les arrebatemos su cuarta parte y, para defenderla, se pasan la vida haciendo ciudades, barrios, manzanas, calles. Perímetros, les dicen, vamos a proteger nuestros perímetros. Hay quienes hasta construyen empalizadas donde clavan cabezas, creyendo que así ahuyentarán las tinieblas. Pero las tinieblas las traen aquí abajo, en el corazón, no allá arriba. Mejor deberían clavar corazones en sus empalizadas, corazones que todavía sangren y palpiten. ¿Entiendes lo que te digo? Dentro del perímetro, todo. Fuera del perímetro, nada.

Como desde el fondo de un pozo, Silva escucha que una voz lo llama por su nombre. "¿Quién eres?", piensa, "¿dónde estás?". En ese momento para él no hay más voz que la que se desliza con la sinuosidad de una boa entre las carcajadas catódicas, el único cirio en medio de la penumbra que amenaza con devorarlo.

—No se puede prever qué encuentros nos estarían destinados si estuviéramos menos dispuestos a dormir, ¿sabes? Por eso he preferido vivir despierto. Para esperar la señal. Para oír la risa de los muertos —el hombre apunta al televisor con un dedo carcomido—. Parecen felices, ¿verdad?, sin apuros. No fue fácil admitirlo: primero pensé que me equivocaba, que la falta de sueño me la estaba cobrando. Pero una noche distinguí la risa de una mujer con la que me acosté durante algunos meses y que murió en un picadero, pobrecita, y se hizo la luz: los muertos seguían en contacto con los vivos gracias a la televisión. ¿Te imaginas? Por un lado, estaba la gente que había muerto al cabo de grabar su risa y, por otro, aquellos que no la habían grabado pero que lograban colarse a los mismos programas: una fiesta en grande. Y le dicen "la caja idiota". ¿Quién iba a decir que los muertos se reunirían en los reestrenos de madrugada para reír hasta reventar? —el hombre se interrumpe para atender una ola de aplausos— ¿Oyes cómo se divierten? También son parte del setenta y cinco por ciento. No son visibles como nosotros, pero ahí están, pasándosela de lujo. Ellos me darán la señal cuando llegue la hora. Cuando vengan a recogerme. Pronto. Para volver.

—¿A dónde? —la pregunta de Silva es un rasguño en el aire viciado— ¿Volver a dónde?

—¿Qué podría atraerme en esta tierra, salvo el deseo de quedarme? —el hombre se muerde los labios— Pero se acabó el tiempo. Ése es el trato: para el peregrino no hay prórrogas. El intruso es harina de otro costal, otro rango; su estancia es indefinida porque su responsabilidad es enorme. Y terrible. A nadie le gustaría ser intruso. Al menos a mí no. He visto demasiadas cosas y sé de qué hablo. Mi trabajo terminó y ya me voy, pero tú seguirás aquí hasta que te llamen, así que te falta mucho por ver. El problema es que no sabes cuándo te llamarán. Pero te das cuenta, eso sí. A mí me ayudó su risa. Hay que aprender a reírse con los muertos. Nuestra salvación es la muerte, pero no ésta —el hombre cambia de golpe a un tono de súplica—. Por eso no me debo mover. No me muevas, por favor. Éste es el lugar. El perímetro que me tocó. Aquí van a venir a recogerme. Pronto. Ya me voy, te lo juro. Estoy trabajado y cargado y quiero descansar. Aquí me quedo quieto. Por favor.

—¿Detective? Estoy hablándole desde hace rato. No hallé más que basura. La peste… ¡Hey! ¿Me oye?

La voz del policía joven es la soga a la que Silva se aferra para dejar bruscamente la negrura horadada por los ojos del hombre de la butaca, que ha recuperado su parálisis mineral. El televisor es de nuevo el foco de su atención.

—Así que basura —dice Silva, y se sorprende de lo seco que suenan sus palabras. Se aclara la garganta—. ¿No sabemos de dónde viene el olor?

—Pues no, la verdad —dice el agente—. ¿No será que el tipo ya se está muriendo, como dijo la señora?

"Nuestra salvación es la muerte, pero no ésta."

—No lo sé —dice Silva—. Está desnutrido y desvaría, aunque no lo veo… De otro modo no podría…

—Ah, ¿le dijo algo? —el agente mira a Silva con interés—. ¿Qué le dijo?

—Cosas sin sentido… No importa. A lo mejor alcanzaste a oír… Pero olvídalo, es la droga.

—Pues no, no oí más que la televisión y lo que usted decía. Qué paciencia para hablar con las piedras, yo que usted…

—¿Cómo? —el mareo ronda otra vez a Silva— ¿Oíste que hablaba yo pero no él?

—Pues sí, usted era el que lo interrogaba, ¿no? —el agente señala el televisor—. Y luego las risas.

"Hay que aprender a reírse con los muertos."

—Está bien… Está bien —Silva se pasa una mano por la frente—. Hay que llamar a una ambulancia, ¿te encargas de eso? El tipo necesita un hospital, tenemos que sacarlo de aquí. Yo me ocupo de lo demás.

En cuanto el agente abandona el departamento para buscar a su compañero, Silva se dirige al televisor y lo apaga. "¿Por qué no lo hice antes…", piensa, "eones antes de enterarme de empalizadas y muertos que ríen?" Una súbita presión en la vejiga lo distrae. Ve una puerta entreabierta al otro lado de la estancia y enfila hacia ella, pero algo se interpone en su camino: una garra en carne viva que salta de la butaca y se le hunde en el antebrazo, una voz similar a una pulsación eléctrica que formula su despedida.

—Nunca conocerás al hombre —murmura el Coleccionista de Piel—. Por más que te esfuerces, nunca lo conocerás.

Atravesando calles convertidas por el ocaso en arterias que surcan otras urbes, otros mundos, Silva recuerda ahora el colofón de este episodio ocurrido cinco años atrás.

La irrupción de los paramédicos en el departamento transformado en sepulcro por decreto del faraón que lo habitaba. Los vecinos alineados en el corredor pero sobre todo su mirada, en la que se alternaban el asco y el asombro. La camilla donde fue colocado lo que quedaba del faraón que expiraría a bordo de la ambulancia, sin decir una palabra, mucho antes de llegar al hospital. La evaporación del olor a azufre a las pocas horas de la salida de la camilla. La colección de frascos que se desechó en cuanto el laboratorio confirmó que el contenido era piel arrancada con los dientes, que pertenecía al mismo hombre cuyo cadáver nadie reclamó. La identidad del faraón, reducida a un par de credenciales y unos cuantos papeles y disuelta en el apodo que le otorgaron en el cuerpo de policía.

Su nombre comenzaba con *R*. Su nombre o su apellido.

El remedo de galaxia dibujado por una mano casi infantil en el cielo raso del departamento.

La butaca apostada en el centro de un círculo de tiza roja.

Entonces Giotto, que era un hombre muy gentil, tomó una hoja de papel y, con un pincel impregnado de color rojo, después de apoyar el brazo en uno de sus costados, trazó a pulso un círculo tan perfecto que todos los allí presentes quedaron llenos de asombro.

Como los vecinos alineados en el corredor.

"Eres más redondo que la O de Giotto", piensa Silva, "o lo que es igual: eres más importante de lo que suponía".

El proverbio lo sorprende porque ignora su origen. ¿En qué rincón de la memoria habrá permanecido oculto? ¿Es suyo ese dato o se trata de un implante mnemónico, activado por un programador de recuerdos ajenos? ¿Qué recuerdos le pertenecen?

Un recuerdo de este mundo que uno nunca acaba de conocer.

EDIFICIO

Ignoraba por completo cómo, cuándo y por qué había ido a parar al cruce de avenidas dominado por el edificio en cuya contemplación dilapidaba el día entero, la mirada absorta en muros y cristales que le devolvían un reflejo sordo de su propia inmovilidad. De ese triple enigma sobresalía, sin embargo, la segunda incógnita, la más atroz, la más inextricable: *cuándo*. ¿En qué momento había decidido que su nuevo hogar, el nuevo rincón que le correspondía entre todos los rincones del mundo, sería esa esquina; o mejor dicho la acera; o mejor dicho aún, la banca frente a la que las horas pasaban con una indiferencia semejante a la de los transeúntes, quienes apenas volteaban a verlo mientras aguardaban el cambio de luz de los semáforos como si se tratara de una revelación coloreada de rojo o verde, de verde y rojo? ¿Cuándo, en qué cruce de avenidas temporales había optado por la parálisis casi absoluta, por el acecho de algo que no podía asir y que de alguna forma se materializaba en la mole de concreto erguida al otro lado de la calle con la contundencia de un silencio vertical? En algún capítulo de su historia debía estar oculto el instante decisivo en que el tiempo se había vuelto como de piedra o salitre, una mujer de Lot ajena al tráfago urbano, una muda construcción alzada entre cables telefónicos y palmeras polvosas. Quizá su romance secreto con el edificio había nacido precisamente de esa sensación de tiempo detenido, inamovible; el tiempo como uno más de los andrajos que levantaban una barrera frágil entre él y la intemperie, entre su piel y la piel de la ciudad, tiempo sucio que había terminado por estancarse en los relojes del orbe.

De vez en vez, en medio de la ráfaga de imágenes que ocasionalmente lo azotaba con la fuerza de un viento antiguo —imágenes que por unos segundos desplazaban a su triple obsesión y que tenían que ver con estaciones de metro diluidas en un laberinto difuso, con un portafolios que contenía una libreta cuya portada reproducía la entrada de un túnel—, destellaba al fondo de su memoria una serie de cifras digitales: siete, tres, tres. Entre el siete y el doble tres había una pausa, dos puntos que parpadeaban y transmitían cierta expectación. No obstante, por más que se devanaba los sesos, nunca daba con el significado de las cifras. ¿Qué quería decir esa hora —porque era, a todas luces, una hora: siete treinta y tres— aislada de todo contexto, desprovista de todo sentido, que naufragaba en el tiempo sin tiempo de su mente? ¿A qué mañana o a qué noche pertenecía? ¿Sería el instante decisivo que con tanto anhelo trataba de ubicar?

Vez tras vez el resultado era la misma frustración: mientras más se afanaba por redimir a la hora perdida de su orfandad, más se alejaban las tres cifras de su alcance, mayor era la rapidez con que se reintegraban a la tiniebla de donde habían emergido. Muy pronto quedaba sólo el parpadeo de los dos puntos: un estilizado signo de interrogación, una incógnita sigilosa y enhiesta. Un edificio de tiempo condensado, reducido a dos claraboyas que no daban a ninguna parte.

A esa hora mágica se había añadido otro vislumbre numérico de un pasado posible.

Ocurrió quizá el mismo día en que despertó en su banca con la idea de conseguir un nombre. Había tenido un sueño inquieto: algo relacionado con bocas que musitaban apodos, patronímicos, apellidos que se desvanecían a una velocidad de humo en una habitación –¿una estación?– cerrada. Instalado de golpe en la vigilia, supo que había olvidado cómo se llamaba. Por un buen rato, mientras masticaba los restos de un almuerzo hallados en otra banca de la pequeña rotonda convertida en albergue, trató de rescatar su identidad de las simas en las que había caído.

Todo, por supuesto, fue inútil.

Presa de la angustia, oyendo el crujido de músculos y tendones vueltos goznes oxidados, venció el torpor contemplativo que había llegado a asumir como su único modo de interactuar con el mundo y se levantó de su asiento. "Nombre", fue lo primero que pensó, "necesito un nombre". Y después: "¿Por qué nadie puede vivir sin un nombre, sin responder al nombre por el que los demás lo requieren?" Aunque sabía con qué iba a toparse, rebuscó en sus harapos –un traje manoseado por la intemperie, una camisa blanca donde la mugre había estampado sus mapas– hasta confirmar la ausencia de credenciales y documentos. Su identidad se repartía entre unas cuantas envolturas de celofán y un pedazo de papel con varias cifras ilegibles que podría haber sido una cuenta de supermercado.

Consciente de que el edificio al otro lado de la calle lo vigilaba con sus ventanas pringosas, de que los peatones titubeaban al verlo incorporarse como si atestiguaran la resurrección de un Lázaro citadino, empezó a caminar maldiciendo la inercia que hora tras hora lo confinaba a aquel ataúd disfrazado de banca, avergonzándose de la orina que día con día dejaba correr libremente por debajo de los pantalones y de las heces que abonaban en vano el jardincillo a espaldas de su asiento, preguntándose cómo, cuándo y por qué –pero sobre todo *cuándo*– se había sumergido hasta el fondo en esa especie de barbarie pasiva. Se dirigió al almacén cercano a la rotonda, un establecimiento que exhibía herramientas y artículos para el hogar con una frialdad que rayaba en lo quirúrgico y ahí, de pie frente a una vitrina donde una hilera de inodoros parecía echarle en cara su indolencia fisiológica, se contempló por primera vez en varios meses.

La visión lo tomó por sorpresa. ¿En verdad eran suyos esos ojos cuya opacidad casaba a la perfección con la barba descuidada y sombría, esos pómulos realzados por la desnutrición, esos hombros que habían sucumbido al peso del tiempo, esas manos temblorosas que recorrían un rostro que hacía pensar en una lámina anatómica explorada por la radiografía de unas manos? ¿No era la figura del escaparate más bien el reflejo de un muerto, la prueba de que los fantasmas sedentarios existían?

"Nombre", volvió a pensar, luchando contra el vértigo que amenazaba con lanzarlo de cabeza a la vitrina. "Necesito un nombre".

Sin poder deshacerse de la náusea, a punto de chocar con una anciana que soltó un chillido de cristal, avanzó a trompicones hasta el quiosco cercano al almacén donde el mundo, dividido en revistas y periódicos, colgaba en retazos. Vio encabezados que anunciaban la inminencia de una guerra en un país lejano e impronunciable. Vio la fotografía de una mujer tendida en una calle nevada bajo un rótulo que rezaba: "Nueva manifestación; saldo de veintidós muertos". Vio dos notas sobre la inexplicable desaparición de sendos hombres: una acaecida en un departamento vacío, la otra en el cuarto de un motel a las afueras de la ciudad. Vio un par de pechos desmesurados sobre los que flotaba una sonrisa espectral. Vio finalmente, entre la realidad reducida a un alud de palabras, el destello exacto, la joya de ocho letras, el nombre de nombres: Santiago.

"Santiago", se dijo, sintiendo que algo remoto, similar a un recuerdo, despertaba en su interior. Justo lo que necesitaba.

Y entonces, desde lo más profundo de su mente, brotaron una tras otra las cifras, las insólitas cifras, un desfile que le robó el aliento: cinco, cinco, tres, ocho, dos, ocho, nueve, cinco. De pronto lo supo: esta vez no era una hora sino un número telefónico. Los siguientes minutos transcurrieron dentro de una bruma impetuosa: obtener unas monedas, precipitarse hacia el teléfono de la esquina, descolgar el auricular, marcar cinco-cinco-tres-ocho-dos-ocho-nueve-cinco, aguardar contando los latidos del corazón con el cuerpo hundido a medias en el caparazón de plástico como un insecto urbano. La voz que contestó al otro lado de la línea era de una fragilidad extrema, una mujer en cuyo duelo aún había cabida para la esperanza:

—¿Hola?

Santiago cerró los ojos y en la penumbra vio sus manos —no las del reflejo en el escaparate sino sus antiguas, sus auténticas manos— acariciar el contorno de una boca, repasar un cuello largo como su inmovilidad en la banca, rozar unos pezones que su memoria asociaba con un regusto a metal. La voz atravesó el silencio y la penumbra, ahogando los sonidos del tráfico:

—¿Hola…? ¿Hola…?

Y luego, al cabo de una eternidad en la que hasta los semáforos interrumpieron su parpadeo, la nota un poco más grave, el asombro trocado en incredulidad:

—¿Eres tú…? ¿Puedes ser tú?

El torrente verbal que en un santiamén se agolpó tras los labios de Santiago —disculpas, aclaraciones, promesas para compensar el tiempo perdido— nunca alcanzó el oído donde debía derramarse. Incapaz de impedirlo, vio que su mano derecha colgaba el auricular: rápida, ajena a la voz que insistía con sus preguntas al otro extremo de la línea, como un apéndice que perteneciera a otro cuerpo, como un cuchillo que quisiera segar todo nexo con el pasado. Por varios segundos permaneció en la misma postura, quieto dentro del caparazón de plástico, la mano pegada a la bocina, la respiración agitada, la mente vuelta un túnel por el que se alejaban a la velocidad de la luz una boca carnosa, un cuello largo, unos pezones con regusto a metal, un teléfono que se había confundido ya con la hora de siempre: siete treinta y tres. Una voz bastó para arrancarlo de su parálisis y devolverlo al mundo real, agazapado en unos ojos femeninos por los que planeaba la sombra del asco y la impaciencia.

—Soy Santiago —dijo él, feliz de estrenar nombre ante el mundo y de regresar a su banca, a su trozo de universo, a su amnesia incólume.

Al otro lado de la calle, un cristal relumbró. El edificio le daba la bienvenida.

A partir de entonces, la banca sufrió una metamorfosis paulatina. Poco a poco dejó de ser reducto del estatismo y devino pedestal transitorio, atalaya de la espera. "¿Espera? ¿Espera de qué?", se preguntaba Santiago, mirando el flujo sanguíneo de la ciudad. Aunque no podía explicarlo, sabía —o mejor, sentía— que sus días en la banca estaban contados, que el hecho de aceptar un nombre había inaugurado una cuenta regresiva. "Todo nombre conlleva una responsabilidad", pensaba, ojos y esperanzas puestos en el edificio vacío. Más que al pasado, el nombre apunta a un futuro factible, a la historia que aún está por redactarse. Vaya obligación: escribir nuestra propia historia para poder protagonizarla. Y mientras tanto, mientras nos llega el turno de protagonizar la historia que además tenemos que escribir, sólo queda el nombre. Queda sólo la espera. Pero, ¿espera de qué? ¿Espera de quién?

Santiago sentía —o mejor, sabía, perfectamente sabía— que no aguardaba ya la respuesta a cómo, cuándo y por qué había ido a parar al cruce de avenidas dominado por ese edificio sino el detonador que desataría su futuro, la luz que le indicaría que su nueva identidad se hallaba en el umbral de una nueva historia. Una luz que no era, definitivamente, la de los automóviles que iban y venían, llevando y trayendo nombres e historias que no le correspondían; tampoco la de los semáforos que machacaban el tiempo hasta reducirlo a un insulso puré de colores. Una luz que, eso sí, debía tener algo de crepuscular, algo de los arbotantes que se encendían para retar a las últimas nubes del ocaso, algo de la caspa oscura que el cielo dejaba caer sobre la urbe para anunciar la irrupción de la noche. Algo de la ventana que ciertas tardes brillaba en lo alto del edificio con una suavidad hogareña que no era producto de la luna naciente ni del sol moribundo.

Esa luz llegó arrastrándose, maltrecha, con un solo ojo, hasta la banca de Santiago.

La temporada de lluvias había empezado con gran revuelo; la noche anterior una tormenta de dimensiones ciclópeas lo había obligado por primera vez a buscar refugio bajo el toldo del almacén cercano a la rotonda. A sus sueños se colaron las herramientas expuestas en las vitrinas, formas quirúrgicas entre las que bogaba adoptando posiciones fetales. La ciudad amaneció convertida en un estremecimiento húmedo. El cielo parecía haberse desplomado y asomaba por el asfalto a través de los charcos, miles de pozas que los peatones evitaban para no despeñarse en el abismo nuboso que latía bajo la piel del mundo.

La mañana acabó siendo una sucesión de chubascos intermitentes, una exhibición de paraguas que se sacudían el polvo de armarios y rincones. El mediodía, apenas un paréntesis en el que la lluvia quedó suspendida, dio paso sin mayor ceremonia a una tarde preñada de nubes que se desprendían del horizonte como oscuros párrafos liberados de un libro. Oscuro fue también el desamparo de Santiago en la banca, que por primera vez —"De un tiempo a la fecha", pensó, "hay demasiadas primeras veces"— se le presentó como cobijo insuficiente, un trozo rancio de universo. Oscura la luz que llegó arrastrándose hasta él en cuatro patas, en medio de los relámpagos del ocaso: un perro tuerto al que creyó haber visto antes, al fondo de un delirio nocturno.

Lo vio nacer de la nada, una condensación de átomos en el aire cargado de electricidad. Lo vio acercarse con lentitud aunque con un arrojo que rayaba en lo humano, un niño salvaje reptando hacia su parentela. Vio que en la órbita vacía se concentraba toda la negrura del pelambre, que en el ojo sano bailaba un brillo de reconocimiento. El perro, casi un boceto canino, salvó la distancia que lo separaba de la rotonda. Olfateó a Santiago, lamió los dedos que estaban a su alcance, soltó un bufido de satisfacción y se tumbó a los pies de la banca.

Fue necesario que un trueno cimbrara las vitrinas del almacén para que Santiago saliera de su estupor. Miró al animal echado junto a lo que quedaba de sus zapatos y descubrió que también lo miraba: el brillo de reconocimiento se había intensificado, la lengua entraba y salía en jadeos veloces. Santiago se llevó a la nariz los dedos lamidos por el perro, cerró los ojos y sonrió: un olor familiar, el aroma del hambre aunado a una fragancia hogareña. "Como estar en casa", murmuró, y al mismo tiempo supo cómo se llamaba —cómo tenía que llamarse— su mascota, más un adjetivo que un nombre, más un recuerdo que una ocurrencia: *Bruno*. Supo que toda historia arrancaba con un guía, que se hallaba ya en el umbral de su futuro, que el perro era la piedra fundacional del relato que debía construir y habitar.

Y entonces el cielo se despanzurró sobre la banca y *Bruno* se incorporó, lo miró con su único ojo y trotó hacia la calle.

Hacia el edificio.

Hacia la mole de tiempo condensado.

Era la primera vez —de nuevo la primera vez— que estaba tan cerca de la construcción.

Hasta esa tarde, su idilio se había fincado en la distancia, en la rara comodidad que ofrece toda lejanía. Por alguna razón que se le escapaba como rocío entre los dedos, el amor a primera vista no había rebasado nunca las fronteras del contacto visual; quizá un falso pudor, el miedo a adquirir un compromiso fijo con el mundo, lo había atornillado a la banca, levantando una barrera entre él y el objeto de su deseo. Ahora, gracias a *Bruno* y a la lluvia, la barrera se derrumbaba silenciosamente a su alrededor. Mientras cruzaba la calle y sorteaba los coches en pos de su nuevo guía —"En pos de mi historia", pensó—, sintió con claridad el derrumbe, como si las gotas que lo empapaban fueran pedazos de un muro recién demolido.

Triste, semejante a un cráneo colosal arrojado por la marea a una playa de palmeras ancianas reducida a un camellón, el edificio los recibió sin aspavientos. Subir la escalera que se derramaba sobre la banqueta en un gesto de rechazo a la ciudad —los peldaños, húmedos, hacían pensar en las papilas de una lengua indolente—, ingresar en el pasillo de entrada gobernado por una penumbra que el ojo de *Bruno* horadaba con un fulgor débil, no fue, después de todo, lo que Santiago había imaginado a lo largo de tantos meses de amoroso espionaje. Más que el júbilo por la relación que se inicia al cabo del flirteo, sintió la nostalgia por las cosas que se acaban, algo frágil como un huevo que se rompía para siempre en algún nicho interior.

A salvo de la tormenta, con el agua escurriéndole todavía por el rostro, volteó a mirar su rotonda, su banca abandonada: le pareció distante, a un millón de años luz, una Polaroid entregada al olvido en un álbum al fondo de un cofre, un salvavidas rendido al naufragio cósmico. Comprendió que el huevo que seguía quebrándosele por dentro era no sólo la urbe sino ese orbe que ya no le correspondía, del que se había exiliado voluntariamente, al que tenía tanta probabilidad de volver como los muertos de retornar a sus antiguas moradas en la tierra. Comprendió, al distinguir el reclamo implícito en el ladrido de *Bruno*, que ya pertenecía al edificio, que a partir de ahora su tiempo correría paralelo a ese tiempo de concreto.

Así empezó su historia: con un perro que le ladraba al pie de una página en la que una mano había dibujado cien ventanas ciegas.

En algún momento de su primera noche, acurrucado junto a *Bruno* para aprovechar al máximo el calor que emanaba de ambos, Santiago despertó convencido de haber escuchado voces que le susurraban referencias del edificio. Atento a los rumores propios del insomnio de la ciudad —unos gatos engarzados en su cópula, una lejana plática encendida por el alcohol—, se levantó y avanzó hasta la cima de las escaleras, un rey ansioso por contemplar sus dominios en el corazón de la madrugada. Aguzó el oído y la vista, y el espectáculo que se le ofreció no pudo sino conmoverlo. Vio calles recién lavadas por la lluvia que desdoblaban la luz de los arbotantes en forma de serpentinas; vio un cielo surcado por relámpagos que hacían pensar en las venas de un organismo oculto entre las nubes; olió y creyó oír el mar que falsamente anunciaban las palmeras del camellón a su izquierda; escuchó, antes de verlo, al automóvil que reptaba por la avenida como un coleóptero en cuyo interior viajaba un hombre encorvado; vio su banca, su viejísima banca, fulgurando bajo un farol en la otra orilla de la eternidad. Pero nada de voces.

Mientras bajaba a la calle y la humedad de cada escalón se filtraba en las ruinas de sus zapatos, lo asaltó un recuerdo remoto: algo sobre un sismo que había asolado la urbe años atrás, algo sobre edificios de oficinas y departamentos que habían quedado vacíos a la espera de la catástrofe definitiva. Pero, aun así, nada de voces: sólo murmullos girando en la memoria, titulares de revistas y diarios perdidos en la bruma de un tiempo que ya no era el suyo.

Inmóvil frente a la construcción de sus sueños, Santiago alzó la mirada y vio, allá en lo alto, una ventana que destellaba en las sombras con suavidad hogareña. Se estremeció al sentir el roce de una lengua en la mano: era *Bruno*, que también enfocaba hacia las alturas su único ojo. El brillo de reconocimiento reapareció con más fuerza que antes, seguido de un par de ladridos que oscilaron entre la alegría y la inquietud y de una convulsión que se extendió hasta la cola, volviéndola un látigo en el fresco nocturno. Y nada de voces: sólo la ventana que de pronto se extinguió, misteriosa como una frase en labios de la tiniebla.

"Apenas arranca el relato, no hay por qué adelantarse a los hechos", pensó Santiago. *Bruno* pareció leerle la mente: dejó de agitarse y, luego de un bufido, el brillo de su ojo se apagó. A sabiendas de que la ventana presidiría el resto de la noche, Santiago regresó al cobijo del edificio escoltado por el perro.

La lluvia tamborileaba otra vez sobre el mundo.

Con el paso de los días, conforme se familiarizaba con su nuevo hogar —el pasillo de entrada al edificio era sin duda un mirador más benévolo que la banca—, Santiago constató que los susurros que había creído oír la primera noche provenían de su memoria. Poco a poco, ante el ojo inquisidor de *Bruno*, comenzaron a aflorar los recuerdos, las estampas de una extraña nitidez. Sí, un sismo de dimensiones inauditas había sacudido la ciudad años atrás para convertirla en una antesala del apocalipsis. Sí, quedaban construcciones cuyo abandono las volvía memorandos del desastre sembrados en el inconsciente colectivo. Sí, varios de esos inmuebles guardaban aún pertenencias de sus viejos habitantes, trozos de biografías trastocadas por el pánico. No, no era común que alguien entrara en esas madrigueras del silencio que la urbe prefería relegar a los capítulos más turbios de su historia: acaso sólo el mendigo azaroso, el fantasma en busca de una habitación para velar un pasado derruido sin remedio.

En algún rincón interior, Santiago sabía que su pasado —o más bien su futuro— acechaba tras las puertas de cristal ahumado del edificio. El relato que le correspondía protagonizar se cifraba en la ventana que cada vez con mayor frecuenca se encendía en lo alto de la lluvia. Por eso, vigilado siempre por el ojo de *Bruno*, intentaba descubrir el mensaje que suponía dirigido a él –únicamente a él– en el grafiti de colores que tachonaba los muros laterales de la construcción; podía dedicarse horas enteras a mirar, mojado hasta la médula, inscripciones que alternaban un "Lizard King" con un enigmático "Prohibido escribir en invierno" o un "Venid a mí todos los que estáis trabajados y cargados, y yo os haré descansar", luchando por dar con la clave oculta, la palabra que estrenaría su bitácora. Por eso, tarde tras tarde, como parte de un ritual ineludible, renunciaba a su inmovilidad en el pasillo y se deslizaba hasta las puertas de cristal para entrever su futuro: ciertamente un cuadro impreciso, desolador, pero que a él lo seducía con su promesa de muebles mutilados, alimañas y polvo sobre polvo.

Por eso, desde aquella noche de voces ilusorias, solía soñarse ante una ventana a la que se asomaba para estudiar una banca ocupada por un hombre que lo miraba fijamente. Justo al sentir una presencia a sus espaldas, entrando en el cuarto –su cuarto– hundido en un sopor doméstico, la imagen se rompía en mil pedazos y la presencia se reducía a *Bruno*, a la pupila de *Bruno* que centelleaba en la penumbra.

La temporada de lluvias estaba en pleno apogeo.

Día y noche, la ciudad era un tapiz humedecido del que los peatones se desprendían como estambres. Sólo de cuando en cuando escampaba, sobre todo al atardecer, y las calles adquirían entonces la consistencia de alfombras conquistadas por charcos, y las nubes eran manchas en el cielo raso de una mansión olvidada a su suerte, y la ventana en lo alto del edificio se prendía y apagaba con la timidez de una linterna al fondo de un bosque, impidiendo descifrar si su parpadeo era un saludo o un s.o.s. lanzado a la distancia. El agua contribuía a que la comida se pudriera con mayor rapidez en los basureros, por lo que *Bruno* y Santiago se vieron forzados a practicar un ayuno cada vez más feroz.

Ciertos días, aprovechando las pausas entre tormenta y tormenta, Santiago se obligaba a bajar a la calle para pedir limosna, algo que desde su época en la banca le parecía la peor de las humillaciones. Con el dinero reunido iba hasta la farmacia de la esquina, donde —ante la mirada de asco de la cajera— compraba sándwiches o paquetes de galletas que compartía con el perro. El hambre, sin embargo, más que ceder se acentuaba, y así irrumpían las visiones: sueños o ensueños en medio de la vigilia en los que aparecía invitado a festines de Baltasar, sentado ante mesas que desplegaban fuentes de res y conejo y ternera y vísceras, bandejas con toda clase de embutidos y quesos, soperas rebosantes de estofado, patas de jamón, platones de codornices, faisanes de cuello inusitadamente largo e incontables hogazas de pan, compotas y pasteles. De vez en vez, *Bruno* sacaba la cabeza entre sus piernas y él lo alimentaba con grandes trozos de carne, y por los ojos del animal —en las visiones no había sitio para órbitas vacías, para ningún tipo de vacío— se paseaba el fulgor del hartazgo y el agradecimiento.

Y entonces, precedida por un ruido que remitía a un telón roto, la realidad se reinstalaba y el hambre cobraba su factura. La abstinencia seguía rigiendo la urbe en la que titilaba, como un farol descuidado, el ojo de *Bruno*.

Santiago no tardó en comprender que el perro, la señal oscura que había iluminado la entrada a su historia, moriría pronto.

Flaco hasta los huesos, más que nunca un boceto canino, se pasaba las horas echado en el corredor, incapaz ya de secundar las exploraciones del grafiti y los atisbos a través de las puertas de cristal. A veces, cuando al cabo de algunos intentos abría las fauces para recibir un bocado, su cola recobraba algo del vigor de antes. A veces la única prueba de que aún vivía era una serie de espasmos que lo recorrían como si varias manos pugnaran por salir de él, minúsculas manos que empujaban con fuerza desde sus entrañas. A veces daba la impresión de estar muerto, y Santiago se acuclillaba para acariciarlo y hablarle en voz baja de sus visiones. Sólo así, momentáneamente, su ojo volvía a brillar: una estrella al borde de la implosión, un espejo resistiéndose a almacenar imágenes nuevas y guardando las viejas para el regocijo íntimo.

Acorde con su personalidad, su agonía fue lenta y discreta. Luego de una tarde en que las manos empeñadas en salir de su cuerpo adquirieron una dulzura repentina mientras el anochecer colocaba sobre la ciudad un cielo lleno de verdugones, su ojo arrojó el último relámpago: una llama intensa, de núcleo casi verde, que ahuyentó las sombras a su alrededor para después apagarse despacio, con un estremecimiento que se transmitió a las patas. Y eso fue todo.

Debatiéndose entre la tristeza y la fascinación, Santiago vio cómo *Bruno* cruzaba de un salto la frontera más frágil, cómo su cuerpo se desinflaba igual que un globo en la penumbra sacudida por un golpe de viento, cómo las manos desistían una tras otra bajo el pelambre. Supo que se hallaba ante un cadáver cuando el hocico del perro se aflojó dejando escapar una saliva densa, y pensó que nunca había visto la muerte como un trámite tan simple y expedito, la rendición vertiginosa de músculos y órganos. Ahora sí estás, ahora ya no: "Ábrete, Sésamo".

"Sésamo", repitió.

Quién hubiera dicho que la muerte tenía un nombre tan estúpido.

Decidió entrar en el edificio esa misma noche.

Fue una decisión que, en un principio, se le antojó burda, desesperada; una respuesta a la soledad a la que el mundo lo devolvía de un empellón, una torpe elipsis en el desarrollo de su historia. Pese a ello la idea fue ganando atractivo. "En todo relato", pensó, "hacen falta vueltas de tuerca, giros inesperados que impulsen la trama." Mientras acariciaba distraídamente el cadáver en su regazo, supo con una certeza súbita, abrumadora, que la ventana acababa de prenderse en lo alto de la construcción. Secándose las lágrimas, salió a la calle.

Más que comprobar lo que ya sabía, lo sorprendió descubrir que en el rectángulo que lanzaba el habitual fulgor hogareño se dibujaba una silueta en actitud contemplativa: un hombre que miraba la urbe desde el sopor de su dormitorio, y que lo remitió con un escalofrío al sueño donde él era quien se asomaba a esa ventana para estudiar la banca desde la que una figura lo observaba fijamente. El usurpador apartó las cortinas —absurdas en un edificio desierto, aunque ahí estaban— y por un instante Santiago creyó distinguir el chispazo de unas facciones limpias, quizá demasiado limpias y familiares: su propia faz emergiendo de un pasado rico en portafolios y libretas con túneles que esperaban como fauces infinitas en la portada. Intentaba recordar cuál era el número que había marcado días o años atrás en una cabina, cuando el usurpador se disolvió en los brazos de una segunda silueta que irrumpió en la ventana y dejó en el aire el perfil de una boca y un cuello largo, el regusto a metal de unos pezones, el eco de una voz que susurraba:

—¿Eres tú…? ¿Puedes ser tú?

El cielo retumbó. Las primeras gotas de lluvia nocturna azotaron la ciudad.

Con el vello erizado aún por la visión, Santiago comprendió que no debía perder más tiempo. Hurgó en un basurero próximo hasta dar con una bolsa negra que vació y sacudió; luego trepó a la entrada del edificio y, con sumo cuidado, como si se tratara de una efigie de cristal, metió el cadáver de *Bruno* en la bolsa, sin poder deshacerse de la sensación de que el ojo hueco lo vigilaba —y lo vigilaría— de cerca. El sepelio fue rápido y sencillo; el llanto, silencioso; la despedida, una retahíla de frases que la memoria se negó a ordenar en una oración mínimamente lógica: "Padre nuestro… Torre de marfil… Creador de todo lo visible y lo invisible… En este valle de lágrimas… Dulce compañía… Por los siglos de los siglos… Amén".

Ignorando los golpes en codos y rodillas, el correteo de las alimañas, el hedor casi fecal de la claustrofobia, Santiago reptó bajo las escaleras del edificio y ahí, en la oscura humedad, después de abrir un espacio en el lodo y los detritos, acomodó el cadáver de *Bruno*. "Es el lugar que merece una piedra fundacional", pensó, "junto a los cimientos. ¿Y qué mejor tumba que una escalera, para que los fantasmas puedan subir y bajar a sus anchas por el texto que les corresponde? Hasta pronto", musitó, y luego de palmear el ataúd improvisado regresó a la calle, a la lluvia, al umbral de su historia donde persistía —y persistiría— el ojo omnisciente de *Bruno*.

La tormenta diluía los contornos de la noche cuando, al cabo de varios embates, la puerta de cristal ahumado cedió por fin con un crujido óseo. Huesos quebrándose como ramas: esa fue la imagen mental que acompañó a Santiago mientras miraba el edificio que parecía abrir la boca para espirar, bostezo seguido de un aroma a encierro y cosas entregadas a la podredumbre. Seducido por las sombras móviles del interior, alcanzó apenas a poner punto y aparte al capítulo del pasillo con un saludo que también quiso incluir la banca, vuelta ya una caricatura a merced de la tempestad.

Entró en la construcción como un personaje ingresa en un relato: a tientas, con paso vacilante y las manos extendidas para medir la distancia entre párrafo y párrafo, entre forma y forma. Una vez acostumbrados a la negrura que se les venía encima igual que una página emborronada, sus ojos empezaron a identificar objetos, signos de puntuación: una silla que se cruzó en su camino con la brusquedad de un punto y coma, un biombo dispuesto como un paréntesis que jamás se cerraría, tres zapatos —ajenos uno al otro, según comprobó— que podían pasar por puntos suspensivos.

Por más de una hora exploró el *lobby*, asimilando y dejándose asimilar por el polvo que en algunos rincones adquiría la densidad de una noche autónoma, atendiendo el rumor de los insectos que se escabullían a la luz de los relámpagos. En algún momento creyó captar, proveniente de las entrañas del edificio, el ronroneo de un ascensor; las puertas entreabiertas que no tardó en descubrir le demostraron, no obstante, que por ese hueco se paseaban sólo la oscuridad y el aire colándose a través de una ventana rota que había escapado a su contemplación desde la banca. Pensó en esa ventana, en un dormitorio al que se filtraba la lluvia, en una alfombra salpicada de huellas recientes. Se asomó al abismo y, obedeciendo un extraño impulso, gritó su nombre, una paloma verbal que flotó hacia las alturas: "¡Santiago!". No pudo evitar un estremecimiento al imaginar el eco de su voz viajando por habitaciones y pasillos, topando con paredes que conservaban las marcas de pinturas y retratos de familia, confundiéndose con el goteo de lavabos que brillaban como el ojo de *Bruno* en baños invadidos de moho.

"¿Y ahora qué?", pensó, dirigiéndose a la presencia animal que había comenzado a sentir, cada vez más intensa, a su lado. "¿Cuál es el siguiente paso? ¿Poblar de ecos una historia que arranca? ¿Permitir que la imaginación fluya a su antojo por las frases iniciales? ¿Cómo se escribe el relato que uno debe protagonizar? ¿Con lluvia y silencio y ventanas rotas?".

Por un instante estuvo seguro de que el perro se materializaría, una sombra vomitada por las sombras, pero pronto cayó en la cuenta de que no era más que una ráfaga, un golpe de viento que pareció arrastrar consigo una flama de núcleo casi verde. Siguió el trayecto de la flama hasta un extremo del *lobby* y ahí, al pie de un muro, se tumbó en el círculo que alguien había despejado en el polvo.

Por primera vez en varios meses su sueño fue ininterrumpido, una sucesión de cuadros que rozaban la felicidad. Vio dedos que se hundían en el pelambre de una mascota, un cuello donde latía una vena excitada que unas manos —sus antiguas, sus auténticas manos— palpaban con una emoción cercana a la ternura.

Sus primeros días dentro del edificio lo hicieron sentir como una larva cautiva en el vientre de un organismo descomunal, Jonás en una ballena que desbordaba los límites del orbe. A cada minuto creía percibir la labor de jugos gástricos, secretos, que alteraban sus alrededores: la digestión de una criatura empeñada en absorber un alimento anómalo.

Por la mañana, la sensación era ínfima, un cosquilleo en vértebras y nuca que lo hacía voltear para confirmar que nada había cambiado a sus espaldas: si acaso el ángulo de cierta sombra al recargarse en una pared, una esquina de la que el polvo había desaparecido por arte de magia. Con el paso de las horas, sin embargo, el cosquilleo se acentuaba hasta volverse una molestia rayana en el dolor, como si algún ácido segregado por el estómago de la criatura corroyera no sólo el entorno, sino aun el aire mismo. La tarde traía, además de lluvias que intensificaban la humedad orgánica, la certeza de que algo mutaba sin que él lo advirtiera a tiempo, algo relacionado con la estructura profunda de la construcción. De noche la bestia despertaba, y su despertar venía acompañado de un conjunto de chasquidos y desgarraduras que cimbraban el sueño, una suerte de dispepsia para la que no había más alivio que el estruendo de un relámpago. Lanzado a una vigilia temerosa, Santiago se cubría las orejas e intentaba en vano concentrarse en un canturreo que pronto se diluía: imposible acallar el alboroto del edificio y no pensar en corredores que se ensanchaban, en muebles que mudaban de lugar como empujados por manos invisibles, en muros cuyos hoyos y grietas cicatrizaban en un santiamén, en puertas que se deshinchaban para cerrarse sobre goznes aceitados. Difícil no intuir en la penumbra una presencia que hacía girar los relojes en sentido inverso, un demiurgo que escribía encima de su relato para convertirlo en un palimpsesto demencial.

A veces, en medio de la barahúnda, su oído lograba aislar pasos, un taconeo que subía la escalera de la medianoche, una voz que llamaba a alguien desde una lejanía insalvable: palabras, frases sueltas que rápidamente se integraban al texto nocturno. A veces era sólo el reajuste de la atmósfera al cabo de un trueno ensordecedor, a veces fragmentos de pesadillas que quedaban colgando en el insomnio como estalactitas sonoras. A veces la construcción se colaba a sus sueños en forma de una página usurpada por una caligrafía ilegible.

Contrario a lo que suponía, la aparición del primer elemento nuevo en el *lobby* no lo sorprendió.

Una mañana despertó y ahí estaba, flamante y contundente, en una pared que horas atrás había visto desnuda. Lo enfrentó con más curiosidad que estupor, creyendo en un principio que se trataba de otra visión fomentada por el hambre que las conservas halladas en una caja apenas habían podido mitigar. Se desperezó, tomándose su tiempo, para luego acercarse a la pared atravesada por un rayo de sol neblinoso. No fue sino hasta después de tocar el cuadro, de rozar el marco y el cristal con la yema de los dedos, que su curiosidad se volvió maravilla, fascinación por ese objeto que el edificio había dado a luz durante la noche.

Se apartó para que su mirada registrara cada matiz del piso superior de la casa que el artista había ubicado en primer plano, el crepúsculo que bañaba la copa del árbol más alto del bosque erguido tras la residencia como una marejada oscura, el farol que despuntaba en la esquina inferior derecha, la ventana encendida a la que se asomaba una mujer con el rostro tachonado de sombras, el trozo de lámpara y mueble que dejaban entrever otros ventanales. Algo en la pose de la mujer —su espera infinita, el modo en que apoyaba un brazo en el alféizar— hizo que los sedimentos de su memoria se agitaran, creando una serie de círculos concéntricos donde brilló la ventana que tantas tardes había alumbrado la cima del edificio. Algo en el fulgor casi tangible que irradiaba el cuadro lo remitió al ojo de *Bruno*, a la portada de una libreta que reproducía el bostezo de un túnel.

El nombre escrito en caracteres liliputienses en la esquina inferior izquierda —Edward Hopper, si la vista no lo engañaba– no significó para él nada más que eso: una firma extraviada en el ángulo de un objeto milagroso. De golpe se le ocurrió que hasta entonces su papel –su identidad– no le había exigido demasiado: tan sólo ocupar un rincón del gran óleo del mundo, ser un nombre pequeño y dócil al pie de una ventana donde acechaba una figura conocida.

Al cuadro fueron sumándose otras apariciones que, con los días, se hicieron costumbre; parte de la rutina digestiva de la bestia que las excretaba en algún momento de la noche.

Como expulsados en efecto por un organismo vivo, los objetos irrumpían en las mañanas de Santiago todavía viscosos, cubiertos por un lustre que hacía las veces de mucosa; una mucosa que con las horas se desvanecía para que cada objeto conquistara su espacio y se instalara de lleno en la opaca realidad del *lobby*. A las lámparas de pie que brotaron como flores flanqueando las puertas del ascensor que no tardaría en funcionar, un ronroneo en la garganta vespertina, les siguió una sala de espera –revistero y tapete incluidos–, un escritorio y un teléfono destinados a un vigilante cuya linterna surgiría después, un grupo de macetas que acusaban la presencia de manos cuidadosas, un suelo de granito reluciente, dos o tres cuadros más del artista –¿Hopper, se llamaba?– que había inaugurado la exhibición de milagros.

Cuando el primer murmullo del ascensor instituyó el reino de los ruidos, a Santiago le quedó claro que la actividad no era exclusiva del *lobby*, sino que contaminaba el edificio entero igual que un virus prodigioso. Así llegaron, junto con los pasos que antes había adjudicado a la escalera de la medianoche, las palabras que venían ya no de una lejanía insalvable, sino del piso superior; las risas dispersas como guijarros por el río cada vez más limpio del atardecer –declinaba la temporada de lluvias–; los gemidos que, gracias al viento, develaban la vida erótica de la construcción; los ladridos y rasguños ocasionales que al parecer se elevaban del subsuelo, instaurando la vigilia y una taquicardia que cedía sólo con el estallido de una voz en lo alto de la madrugada.

En esas ocasiones, preso como una oruga en el capullo del insomnio, Santiago forcejeaba con la indecisión que lo invadía: ¿debía rescatar a *Bruno* de la tiniebla, exhumarlo para que renaciera en la nueva estructura del edificio, o sería mejor confiar en el proverbio y dejar las cosas en paz, *let sleeping dogs lie*, un refrán que por otro lado ignoraba cómo había ido a parar al fondo de su memoria? ¿Qué camino era el más viable para el relato que se escribía a su alrededor: resurrección y huesos cada semana, paseos al parque, la alfombra sucia de mierda, regaños, la lengua cariñosa, compañía para el desayuno, los sillones llenos de pelos, apareamiento, cachorros, vejez y vuelta a la tumba improvisada debajo de la construcción, o muerte y soledad hasta el primer flirteo, el restaurante a la luz de las velas, pezones con regusto a metal, matrimonio, televisión por cable y pantuflas, cena a las nueve, primer hijo, sábados de club, escuela a las ocho, segundo hijo, álgebra y malas calificaciones, *whisky* a las siete, besos ajados, nostalgia, fotografías, una silla para tomar el sol en el jardín del asilo de ancianos y una urna para adherirse a la sombra del mausoleo familiar?

Lo cierto era que, conforme el clima se despejaba y dejaba que el otoño se perfilara como un humo nítido, conforme los objetos excretados por las noches reclamaban su independencia del ser que los expelía, iba creciendo la seguridad de que los sonidos y aun las formas que poblaban el ambiente —una tos seguida de la silueta de un hombre, un llanto infantil precedido por el trazo de una mujer con carriola— no eran más que fragmentos de las microhistorias que tejían un texto global, la macrohistoria en proceso de la que él debía responsabilizarse. Poco a poco, azuzado por la mujer que acechaba en la ventana del tal Hopper, Santiago entendió que la inmovilidad no era ya una respuesta al viejo mundo que lo había castigado con la amnesia, sino una afrenta al nuevo orden que se desplegaba ante sus ojos.

Fue una tarde soleada cuando resolvió visitar el piso donde, si el cálculo y la memoria no le fallaban, se localizaba la ventana que tantos crepúsculos había visto destellar con suavidad hogareña.

Las conservas se habían agotado el día anterior y el hambre empezaba a causar estragos, visiones en las que *Bruno* —el cadáver de *Bruno*— era el único alimento asequible. No era, sin embargo, la primera vez que padecía ese tipo de visiones; de hecho podía evocar varias madrugadas en que había despertado con un fuerte sabor a carne en la boca, con la sensación de haber devorado grasa y pelos por igual y de haberse convertido a una rama inédita del canibalismo. Tomó el ascensor luego de convencerse de que nada malo pasaría y fue como subir a una alucinación, como pulsar los botones de una imagen surgida durante la siesta.

El piso lo recibió con una alfombra azul y cuatro puertas con números cromados. Llamó a la que su intuición le indicaba y, al comprender que nadie le contestaría, hizo girar el pomo. La puerta se abrió en silencio, dejando salir un aroma que lo cogió por sorpresa y lo obligó a parpadear furiosamente para impedir que brotaran las lágrimas: aroma a casa, a higiene existencial, a mundo organizado.

Entró en el departamento como un personaje ingresa en un capítulo que no le corresponde: a sabiendas de que traiciona a sus congéneres, la mirada atenta a la información que se le viene encima. Deambuló por la sala y los dormitorios, deteniéndose aquí en un retrato de boda, allá en un monitor para bebés que alzó del suelo y colocó en una cama individual rodeada por barrotes de madera. En el vestidor del cuarto más grande se entretuvo acariciando ropa, probándose zapatos; en el baño destapó algunos frascos y olisqueó su contenido hasta embriagarse. Al verse en el espejo estuvo a punto de sufrir un colapso, no sólo porque el reflejo era la mala copia de un hombre, algo similar a un andrajo humano, sino también porque en una esquina a sus espaldas aparecía *Bruno*: un *Bruno* incompleto, un *Bruno* del que alguien se había nutrido. Vomitó en el lavabo coágulos de saliva que ratificaron el hueco que tenía en el estómago.

El atracón en la cocina, de pie junto al refrigerador —sobras heladas, salami, pan, fruta, jugo y leche—, lo hizo sentir que rozaba la gloria, un apresurado festín de Baltasar que terminó entre eructos y arcadas que pronto se disiparon.

El colofón fue una somnolencia que lo arrojó a uno de los sofás de la sala: un sueño interrumpido apenas por la voz de un niño que exigía algo —¿ir a un parque para subirse a un carrusel?—, un canturreo y el entrechocar de cubiertos, risas provenientes de una televisión próxima, la mano que en algún instante se deslizó por su barba y la mugre de incontables semanas acompañada de un susurro:

—¿Eres tú...? ¿Puedes ser tú?

"María", dijo o pensó o recordó él mientras se reacomodaba en la inconsciencia.

"Debe ser María."

RASCACIELOS

J. G. Ballard, *in memoriam*

Había un rascacielos que hacía honor a su nombre porque parecía frotar con delicadeza, hasta con regocijo, el vientre cóncavo donde planetas y lunas de otros sistemas comenzaban a despuntar como *piercings* diseñados en ese establecimiento de tatuajes insólitos que es el universo. Había nubes largas y esponjosas que se disparaban hacia lo alto a toda velocidad, impelidas por el gatillo de un francotirador que se diseminaba en la atmósfera de finales de verano como una fotografía de grano abierto. Había una terraza en el trigésimo piso sometida por entero a los caprichos del ocaso, un refugio donde la vastedad del día que tocaba a su fin podía explayarse en sus múltiples y cambiantes matices. Había una mujer vaga y a la vez claramente conocida, aunque lo correcto sería decir que había un vestido muy corto de color azul que caía unos centímetros por debajo de la vulva rasurada y libre de ligaduras; unas piernas cuya esbeltez era realzada por las sandalias de plástico que dibu-

jaban sendas *uves* en los empeines, y por la pulsera de plata
que ceñía el tobillo izquierdo; unos brazos que fluían como
un agua secreta en cada movimiento concretado; unas cla-
vículas puntiagudas que daban soporte al cuello, similar al
de un flamenco rosa; un rostro cincelado por un buen imi-
tador de Modigliani; un mechón de pelo trigueño que, de
cuando en cuando, escamoteaba una mirada líquida hecha
a partir de un oporto o un té de canela. Había la sensación
de estar ingresando en los dominios de la levedad absoluta,
un desprendimiento del lastre terrenal que se extendía en
una comezón ingrávida por el abdomen. Había una ciudad
que titilaba allá abajo, a lo lejos, una galaxia en perezosa
ebullición por la que circulaban vehículos reducidos a estrellas fugaces. Había el cielo que rascaba el edificio y que
se antojaba esculpido en un mármol fosforescente, loca-
lizado en una cantera profunda; una grieta transfigurada
en cementerio de alpinistas y esquiadores poco cautelosos.
Había viento, marejadas de viento, *tsunamis* de viento. Había
un frescor como de anís o menta o yerbabuena en el ambiente. Había copas con vino tinto sobre una mesa de cristal en
donde las nubes se duplicaban, incendiadas, antes de precipitarse a la sima que era en realidad la cima del mundo.
Había cigarros, humo peinando trenzas que se deshacían
entre las manos del aire. Había una conversación, plácida
como el atardecer, con el matrimonio de amigos que pac-
tó los términos de la reunión con la mujer vaga aunque
claramente conocida del vestido azul y la pulsera de plata,
que en ocasiones adquiría la consistencia de una pequeña
nebulosa. Había la insinuación de una seda producida por
las bocinas ocultas en sitios estratégicos del departamento

que remataba en la terraza y que no era sino la voz de Nina Simone, la mascada en torno de la garganta de Nina Simone que entonaba *Feeling Good* en el *remix* sinuoso de Joe Claussell. Había la certeza de que la noche se demoraría lo necesario para llegar en el momento justo, cargada de promesas por cumplir y acertijos por resolver entre los que se hallarían los besos repartidos en dos bocas, alumbrados por las tenues lámparas del dormitorio con puertas corredizas que se abrían a la terraza; la doble desnudez femenina atestiguada desde una distancia en la que cabrían ciertas frases dirigidas al amigo que se serviría otra copa sentado a la mesa de cristal; el roce de dos vulvas como parte de una esgrima rítmica que iría ganando una celeridad voluptuosa; los brazos como seudópodos surgidos de distintos cuerpos, pero pertenecientes a la vez a un solo organismo, que reclamarían el cinturón junto a la cama *king size*; el lento despojo de la ropa secundado por un par de lenguas elásticas que se entretendrían en diversas cavidades; la rendición a los latigazos de dos cabelleras enmarañadas en un campo de batalla cubierto por sábanas de satén negro, a donde se asomaría el amigo escondido tras la cámara que a intervalos regulares relampaguearía con la fiereza de una tempestad en miniatura. Había una voz que parecía deshilacharse de la mascada de Nina Simone y enroscarse en el caracol de la oreja, unos labios sanguinolentos que dejaban escapar hebras de humo para trazar una careta ritual sobre el rostro copiado a Modigliani: "¿Me pasas la botella de vino?" Había la complicidad etérea que se forja en la altura y en los sueños, o más bien en los sueños vinculados con la altura, y que se transmitía a la languidez con que la mujer vaga aunque claramente conocida se alzaba de la mesa de cristal, la orla del vestido azul acariciándole el dorso de los muslos mientras avanzaba hacia el balcón de la terraza con las sandalias serpenteando en un silencio que se podía paladear, la melena enredada y desenredada por el aire que ahora traía un olor más lacerante que la menta, la manga derecha resbalando para exponer un hombro sin huella de sostén en el que un caprichoso acomodo de pecas reproducía la constelación de Orión. Había una nube que cobraba la tonalidad de un rubí antes de estallar en llamas y ser succionada por la curvatura donde Venus empezaba a cintilar, enviando señales para ser recogidas por la mirada de oporto en la que brillaba el relámpago inaugural de la cámara y una pregunta planeada para formularse al oído, en una ráfaga de aliento tibio que flotaba rumbo a la ciudad envuelta en los acordes interestelares de *Best Mamgu Ever* de Underworld: "¿Podría haber vida sin sexo en otros planetas?"

LAS COSAS

Como un cuchillo atravesaba todas las cosas;
y al mismo tiempo estaba fuera de ellas, mirando.

VIRGINIA WOOLF

Esa mañana, Santiago despertó sintiendo un asco profundo e inexplicable por las cosas. Sus cosas. Las que lo rodeaban día tras día, las que de alguna manera ayudaban a apuntalar eso que él y los demás –a falta de un vocablo que denotara mayor precisión– llamaban "su vida". Las cosas en las que había invertido tanto tiempo y dinero apostando por una selección astuta sin saber que en realidad el elegido era él, la codiciada pertenencia obtenida en una compraventa tan sutil que no había advertido sino hasta ahora que quizá era demasiado tarde, no, demasiado temprano para parpadear con las primeras agujas de la resaca tejiéndole en torno de la cabeza una cota de malla que en el transcurso del domingo se volvería una diadema trenzada con alambre de púas. Volteó a la derecha: el buró de diseño escandinavo –todo el *penthouse*, entendió, era una oda absurda al diseño de un grupo de países a donde nunca había viajado— emitía un fulgor venido de otro mundo en el que luchaban por coexistir la lámpara plateada que evocaba una ola en miniatura, la billetera Gucci de la que sobresalían como lenguas de plástico varias tarjetas de crédito, un envoltorio de preservativo que se mantenía en precario equilibrio en una esquina del mueble —un segundo envoltorio había cedido a la ley de la gravedad y yacía en el piso de duela, dorado sobre casi blanco, como el memorándum de algo inasible que, no obstante, acentuó la náusea— y un pequeño espejo circular atravesado por dos líneas de cocaína largas y ya deshilachadas junto a una American Express Corporate Platinum entregada a un juego de destellos que él no dudó en juzgar malignos. Cerró los ojos, cegado por el malestar, y desplegó la mano hacia el lado izquierdo de la cama *king size*: cambiaría, lo decidió, la mirada por el tacto. "Sí", se dijo mientras hacía descender la sábana de satén negro. Allí estaba todo, tal como lo recordaba: el cabello vuelto una crin o un látigo que caía hasta la mitad de la espalda, la piel cremosa sembrada de un vello finísimo que solía erizarse —la imagen le aleteó en la frente— con cada embestida potenciada por la droga, los pezones anchos que coronaban lo que sólo podía calificarse como un prodigio de la mamoplastia, el vientre al que la esbeltez juvenil —¿veintitrés años, veinticinco?, no más, eso seguro— no había podido librar de los encantos de la liposucción, el pubis ocupado por el tatuaje de un dragón de alas extendidas que enroscaba la cola en la hendidura milimétricamente rasurada que se humedecía conforme los dedos de él la frotaban en pos de la reacción de Gina o Nina, la boca de Gina o Nina —¿o era Ana?, no, Ana no estaba operada aunque sí tatuada– abriéndose poco a poco para exhalar un ronroneo procedente todavía de las praderas del sueño, el cuerpo de Gina o Nina –o Mila, podría ser Mila– girando con languidez para acoplarse mejor a la mano que de repente subía a los labios para impedir la salida del vómito, el cual terminaba por estrellarse, caudaloso, en el inodoro diluido en la atroz luminiscencia del baño.

Inclinado ante la luna del lavabo que le devolvía el reflejo de un medio cuerpo similar a uno de esos torsos pálidos que se rescataban del fondo del océano –lo había leído en Internet– para que la gente lo admirara en toda su *incompletud* en un museo, la voz de Mila –Gina y Nina eran las gemelas, cómo olvidarlas– convertida en un gato fastidioso que no dejaba de rasguñar la puerta preguntando si podía ayudar en algo, el agua corriéndole por las sienes que ya empezaban a sufrir lo que sería la metamorfosis brutal de la cota de malla en su cráneo, recordó por trozos las imágenes del sueño que lo había asaltado, o más bien raptado, mientras Mila o más bien la ferocidad bucal de Mila se empeñaba en anular la flacidez de su sexo para una tercera ronda nocturna. Había, ahora la recuperaba, la picadura de la hierba seca en sus pies y sus tobillos a medida que avanzaba por un pastizal, descalzo y vestido con un traje arrugado y una camisa sucia, apartándose de un manchón boscoso compuesto por árboles altísimos que se cocían –era casi posible oír un siseo– bajo un sol blancuzco. Había una pantalla de plasma semejante a la que dominaba una de las tres amplias habitaciones del *penthouse*, un tótem electrónico al filo del barranco hacia donde él se dirigía como la limadura de hierro rumbo al imán. Y había el estupor de descubrir que el barranco era en verdad la fosa común de todas las cosas del mundo: miles, quizá millones de objetos en distintas condiciones de uso alfombraban las profundidades del abismo que se dilataba hasta el límite de la vista. Y entonces, mientras él permitía que tal espectáculo de acumulación lo hechizara y sobrecogiera, la pantalla se activaba con un zumbido que hacía pensar en un insecto fugado de una pesadilla tecnológica y mostraba una estancia amueblada sólo por la luz que se filtraba por la ventana abierta a la derecha, tras la que se adivinaba la copa de unos árboles —¿los mismos de minutos antes?— a merced del viento. Y entonces, sin aviso, el sol se desplomaba en el horizonte para que el barranco, o la fosa común, se poblara de sombras que reptaban entre los objetos con una premura en la que se detectaba algo, la inminencia de algo que esperaba bajo ese mar de cosas desechadas y que emergía con la pavorosa lentitud de la figura que se colaba a la luz de la habitación exhibida en la pantalla de plasma. Y entonces, la succión de Mila conseguía al fin extraer algunas gotas de semen que iluminaban tenuemente la penumbra a la que él no tardaba en regresar para renunciar a los sueños el resto de la madrugada.

Un billete de alta denominación para pagar el taxi enviado por uno de los servicios más exclusivos de la ciudad y un gramo de cocaína como regalo, bastaron para persuadir a Sheena de que una sesión de sexo matutino en la ducha no sería parte de la agenda dominical. "¿Y por qué me llamaste Mila?", reclamó ella con tono herido al guardar el catálogo quirúrgico de su cuerpo en prendas que no parecían confeccionadas para contener tanta turgencia. Él atinó únicamente a sacudir la cabeza, haciendo un gesto ambiguo con la mano, y se desplomó bocabajo en la cama, diciéndose una y otra vez que no era culpable de que las mujeres con quienes se acostaba de unos meses a la fecha tuvieran nombres de dos sílabas, como si fueran productos bautizados por un fabricante sin mucha imaginación. Conservó esa postura cuando el taxi llegó por Sheena y ella, al despedirse con una suerte de maullido que pretendía ser amoroso, taconeó por la duela del *penthouse* hasta abrir y cerrar la puerta principal, instalando una quietud interrumpida apenas por diminutas pulsaciones eléctricas. En esa misma postura continuaba ahora que la lumbre de media mañana le quemaba la nuca y la espalda, las nalgas y las pantorrillas, obligándolo a alzarse unos centímetros para primero observar el óvalo de saliva en la almohada y después rodar en el lecho hasta quedar tendido bocarriba, bebiendo tragos pausados del aire que aún olía a fluidos corporales. El asco no había remitido sino aumentado: allí estaba, oleaginoso, un exceso de grasa en el tejido muscular de la materia, un lustre sebáceo que se adhería a los objetos para dotarlos de cierta cualidad orgánica que se podía ejemplificar con el modo en que el Patek Philippe, que latía en la muñeca izquierda, evocaba un trozo de víbora mutilada. Luchando por controlar el globo de fuego que de nuevo ascendía por su esófago, se levantó con torpeza y trastabilló hasta el baño, donde dejó que el chorro de agua fría del lavabo le masajeara el cráneo. Luego, la cabeza envuelta en una toalla que subrayaba su desnudez, fue a la cocina; se sirvió un vaso grande de jugo de arándano a punto de congelarse y lo vació con calma medicinal mientras escrutaba el

refrigerador, el mobiliario integral y los utensilios de acero
—en este espacio, lo notó como si lo viera por primera vez,
había demasiados utensilios de acero— que evidenciaban
el mismo aceite incandescente detectado en el dormitorio,
la sala, el segundo baño y el comedor. Volvió al fondo del
penthouse y entró en la estancia que llamaba su estudio,
pese a que simple y llanamente era el cuarto de televisión;
la pantalla de plasma lo recibió con un silencio tan soberbio
y poderoso que lo asombró igual que si se tratara de una
maravilla de la naturaleza. Recordó su sueño: el barranco
saturado de objetos de todas clases y dimensiones, la habitación proyectada en la otra pantalla y ocupada por una
luz que se antojaba sólida, el crepúsculo intempestivo, las
sombras que se arrastraban como augurio de algo inevitable. La arcada lo tomó por sorpresa, una marea trepando
por la laringe. No alcanzó a reaccionar: vomitó postrado
frente al monolito que lo reflejaba como un nudo de carne.
Entre los esfuerzos por normalizar su respiración, exami-
nó la mancha que se extendía sobre el suelo, una huella de
sangre falsa en la escena de un crimen irresoluble, y comprendió que tendría que deshacerse de sus cosas lo más
pronto posible: las cosas que hasta hoy lo habían definido
o al menos perfilado ante los otros, las cosas que miraba
mientras lo miraban.

Convencido por fin de que toda batalla contra la diadema de púas que le ceñía la cabeza resultaría infructuosa, como
demostraron el Gatorade y los Tylenols que no permane-
cieron más de un minuto en su estómago, permitió que el
domingo mutara en una palpitación donde el iPhone pa-
gado por la compañía —su compañía, qué demonios: poco le

faltaba para ser el accionista mayoritario– resultó su principal sostén. Primero se comunicó con la familia: su hermana mayor habló de una crisis de la mediana edad un tanto prematura –no digas que no te lo dije–, pero aceptó con gusto los muebles ofrecidos; su hermana menor rompió a llorar en cuanto escuchó la propuesta y tardó en entender que no había gato encerrado, ni un traslado perentorio a otro país ni un cáncer incurable como el de papá, sino –así lo repitió él hasta que estuvo a punto de creer sus propias palabras– meras ganas de rejuvenecer el *penthouse*; la única prima que tenía en la ciudad –a la que, recordó con un aguijonazo de nostalgia adolescente, solía espiar por un tragaluz cuando se bañaba en la residencia de campo de los tíos– accedió a acoger los aparatos del gimnasio casero porque los dos sobrinos, a quienes él casi no conocía, acababan de ingresar en el bachillerato con una marcada inclinación por el deporte. Después vinieron los tres amigos –era un decir: a esas alturas de la vida empresarial, lo había asumido, las amistades cedían el paso a los intereses amistosos– que tenían una complexión similar a la suya y que, al cabo de una renuencia disipada por el hecho de no poseer el mismo nivel adquisitivo y, sobre todo, de no pertenecer a la misma compañía, vieron en la donación de ropa y otros artículos personales el capricho de un hombre de negocios en ascenso que podía modificar su vestuario completo en un santiamén. Luego vinieron el chofer y la mujer del aseo, un matrimonio que había manifestado una complicidad a prueba de balas a lo largo de los años –ningún exceso cometido por él dejaba rastro gracias a ellos–, y que admitió el trasplante de la cocina del *penthouse* a su hogar como un obsequio por supervisar la llegada y colocación de los nuevos enseres que él seleccionaría mientras se refugiaba en un hotel. Por último fue María, la ex esposa, a quien él ya no consideraba familia ni amistad sino parte del terreno al que se relegan los afectos brumosos, y que acudió al *penthouse* para enfrascarse, sin demasiada resistencia, en una sesión de sexo oral intensificada por la resaca y la cocaína sobrante que tuvo su recompensa: la pantalla de plasma estaría mañana en el domicilio que ella y el pintor −¿o era escultor?− compartían. La noche se desprendía en gajos sobre la ciudad cuando él se acercó desnudo al ventanal de la sala, el sabor de la cerveza recién sacada del refrigerador mezclándose con la acidez de su ex mujer −minutos antes, ella se había retirado con una mueca que alternaba el arrepentimiento y la satisfacción−, y contempló el cielo cada vez más tenebroso donde se acomodaba el reflejo de los objetos a sus espaldas. La imagen de sus cosas súbitamente dotadas de un poder de levitación, lanzadas a flotar encima del tapiz lumínico tejido por calles y edificios y surcado por algún helicóptero ocasional, lo mandó de nueva cuenta a estremecerse frente al inodoro. Debilitado por la carencia de alimentos desde la cena de ayer −su organismo sólo había retenido el suero oral traído horas atrás por el chofer−, se tambaleó hacia el cuarto de televisión y ahí, como si pidiera clemencia a un ídolo, se derrumbó junto a la pantalla sin pensar en la mancha de arándano que había ocupado previamente ese sitio. Un sueño convulso y cruzado por un viento fresco, surgido al parecer de las simas de un barranco donde algo innombrable acechaba, lo pescó enroscado en posición fetal sobre el piso de duela y lo llevó a la estancia habitada por esa luz claramente matutina, un fuego blanco que quemaba sin quemar en una dimensión donde el tiempo se medía de otra manera.

Las siguientes dos semanas se redujeron a un vértigo de tiendas y centros comerciales al que él se consagró en cuerpo y alma, a excepción de las juntas inaplazables —in-a-pla-za-bles, reiteró a su secretaria y su asistente personal—, y del que tarde con tarde regresaba exhausto a la *suite* alquilada en uno de los hoteles de mayor alcurnia de la ciudad. Tendido sobre la cama, aflojadas la camisa y la corbata que aún despedían el aroma de lo nuevo, liberados los pies del calzado cuyo precio lo había hecho dar un respingo imperceptible, el vaso con dos dedos de *whisky* dieciocho años entibiándose en la mano que lo balanceaba sobre el abdomen, repasaba las compras del día con una memoria clínica que rayaba en lo quirúrgico. Mientras el televisor, sintonizado en un canal de noticias financieras, emitía su murmullo, volvía a ver las cosas escogidas con la tranquilidad e incluso —por qué no— la impunidad que proporciona una amplia línea de crédito: el brillo que todas irradiaban, como si en su interior girara un sol secreto, le causaba un alborozo que por lo general remataba en una erección. El asco que lo había doblegado aquel domingo fue sustituido por el bienestar del consumo efectuado —ahora sí— con conocimiento de causa: "Sé que tú eres el que elige, objeto, tú el que me apunta entre una multitud de compradores potenciales y me susurra 'Ven aquí' con una voz que nadie más puede captar; sé que te pertenezco, así que, por favor, relumbra para guiarme a tu lugar en medio de las cosas a las que los otros pertenecen". Cada *voucher* firmado frente a un vendedor que en nada se diferenciaba del anterior –todos desplegaban la misma sonrisa de agradecimiento, la misma complacencia bovina– era un paso más en la reconstitución de su vida, otro ladrillo para el muro de su identidad renovada; y él lo admitía con una exaltación que le robaba el sueño, pese a la fatiga traída por el dispendio, y que una noche de insomnio particularmente salvaje lo condujo a llamar a un par de *escorts* localizadas por Internet para construir un escenario donde el voyeurismo acabó por jugar un papel preponderante: mirar, le era imposible dejar de mirar a esas dos jóvenes que trazaban complicados ideogramas con ayuda de los objetos que él había seleccionado –no: que lo habían seleccionado– en una *sex shop*; difícil no mirarlas como quien mira las cosas que se exhiben en las vitrinas de los establecimientos donde el lujo es sólo otra forma de la lujuria. Una vez concluida la función, en tanto las chicas dormían rendidas a un abrazo reforzado por la marihuana conseguida por el chofer, él salió a la terraza de la *suite*, se sentó en una butaca forrada de tela blanca, lió otro cigarro, y después de prenderlo y darle algunas caladas, se precipitó a un embeleso en el que las luces de la ciudad eran señales de otras existencias que orbitaban como mansos satélites alrededor de los objetos. "Sin embargo", pensó, "una de esas señales debe representar una habitación vacía con una ventana que da a un pequeño bosque tras el que bosteza un barranco que alberga algo vivo entre millones de cosas muertas: quizá la respuesta a todas las preguntas formuladas desde el inicio de los tiempos". Sonrió, una mueca pastosa: la hierba, lo había dicho ya en varias ocasiones, era una droga para filósofos y no para empresarios.

El retorno al *penthouse* lo hizo experimentar un verdadero *shock* de lo nuevo, como rezaba el título de ese libro que alguien le había regalado y que él apenas si había hojeado antes de regalarlo a alguien más. Atravesar el umbral equivalió a entrar en una versión urbana del paraíso: cada superficie demandaba su atención con una suerte de pureza solar; cada objeto refulgía con la urgencia de ser no sólo tocado, sino nombrado por primera vez y para siempre. El chofer y la mujer del aseo habían seguido sus instrucciones al pie de la letra y realizado una labor ejemplar: "Quiero sentir", les había insistido, "que me he mudado de casa". Y ésa era la sensación que lo cubría igual que un ropaje impalpable conforme atravesaba la vivienda trocada en espacio adánico, abriendo y cerrando puertas de distintos tamaños en inconsciente remedo de un personaje de cuento de hadas, desplomándose sobre muebles dispuestos a recibirlo con una entrega que únicamente se le ocurría calificar como femenina, demorándose en acariciar las prendas de ropa ordenadas en ganchos y cajones sigilosos, gozando la flamante luminosidad de la cocina y los baños y el modo en que la pantalla de plasma recién adquirida le daba a su reflejo una pátina de frescura que lo colmó de vigor. "Un territorio virgen amerita algo joven", se dijo, recordando las páginas pornográficas y los *sex chat rooms* de adolescentes que solía visitar algunas noches desde su *laptop*, pero prefirió ir al refrigerador que semejaba una deidad geométrica y sacar una de las botellas de Dom Pérignon compradas de camino al *penthouse*. Llenó una copa hasta el borde, la vació de un trago, volvió a llenarla y la llevó junto con la botella a la sala; allí, en la mesa de centro cuyo cristal se encendía con el fuego de un ocaso que luchaba a brazo partido con un banco de nubes oscuras, armó dos gruesas líneas de cocaína que aspiró a toda velocidad y secundó con sorbos de champaña. La mezcla de estimulantes logró su cometido: un hervor cerebral gracias al cual el *penthouse* y sus inquilinos inmóviles consolidaron su aspecto paradisiaco, mientras él se servía otra copa para aproximarse al ventanal y brindar con la lejanía. Algo en la tormenta que conquistaba el horizonte, algo en la manera en que el día era vencido por las sombras que comenzaban a reptar entre los edificios de la ciudad, le provocó una punzada de asco que esquivó oteando la bolsa de cuero que resguardaba la nueva computadora. "Ésa es la ventana al mundo que necesito en estos instantes", pensó, y trazó la tercera línea de cocaína imaginando un edén cibernético donde los pechos núbiles crecían como manzanas al alcance de la mano.

La noticia de que por fin era el accionista mayoritario de la compañía se comunicó una semana después, y decidió celebrarla organizando una fiesta que en realidad —lo sabía en su fuero interno— estaba destinada a lucir el cambio de fisonomía del *penthouse*. No escatimó en gastos: a diferencia de otros convites, planeados más por compromisos laborales que por gusto, quería que éste resultara memorable, apoteósico. Y así fue: el alcohol y la comida no hicieron falta, como tampoco las mujeres de vestidos ligeros que consumían más del primero que de la segunda, para luego rehabilitarse con viajes al baño de los que regresaban con la mirada vítrea, la sonrisa filosa, la punta de la nariz polveada de blanco. Conforme la noche avanzó y la asistencia disminuyó hasta dejar sólo el círculo de intereses amistosos más íntimos, las drogas empezaron a fluir con libertad entre acordes musicales que aflojaban la ropa y los movimientos y estrechaban el contacto entre cuerpos conocidos –o extraños hasta entonces, al menos en un contexto similar– que se sometían al frenesí carnal en el sitio y la posición que éste les dictaba. De golpe, el *penthouse* se convirtió en un museo cuya colección permanente de muebles y utensilios cintilaba junto a una muestra temporal de objetos eróticos parecidos a esculturas por donde él paseaba la vista, transformado a su vez en rey o emperador de la madrugada, mientras Gina o Nina –imposible decir cuál era cuál a estas alturas– se afanaba en una de esas felaciones que la cocaína podía prolongar hasta límites dolorosos, pero que terminó por arrojarlo a una somnolencia en la que un crepúsculo mortecino se depositaba sobre un barranco, no, una tumba natural atestada de cosas al fondo de la cual algo inmenso, contrahecho y viscoso se agitaba pugnando por salir a la luz de la pantalla que transmitía el vacío deslumbrante de una habitación ocupada con lentitud por una figura masculina que por algún motivo evocaba un hambre y un cansancio sin tregua. El asco, una oleada nacida ahora más cerca del corazón que del estómago, lo despertó sin advertencia alguna, violentamente; apenas tuvo tiempo de girar a la derecha para que el vómito reventara en el suelo y no en la cama, donde Nina y Gina –¿en qué momento de la noche se acostaron los tres juntos?– se incorporaban lanzando chillidos de roedor y cubriéndose los pechos que colgaban como ánforas halladas en una excavación arqueológica. La idea de que todo era vetusto y estaba listo para desmoronarse –el lustre seboso de aquel domingo había sido remplazado por un barniz polvoriento, una impresión de grietas que esperaban su turno para brotar en cada superficie– se acentuó cuando las gemelas abandonaron el *penthouse* a medio vestir. Él se acurrucó jadeando en un sofá de la sala, intentando controlar la náusea desatada por los olores concentrados de la fiesta que había concluido sin que él lo notara. El alba lo pilló en esa postura, los ojos fijos en un punto muerto, el aliento titubeante; a medida que el sol fue bañando sus alrededores, dotando a los objetos de un aura decrépita que se intensificaba al paso de los segundos, comprendió que el problema era más grave de lo que había creído: debía mudarse si no deseaba sucumbir de nuevo a la repulsión que le inspiraban sus cosas.

Fue así como dio inicio la etapa que la prensa adjudicaría a una aguda excentricidad disfrazada de neurosis, cuando en verdad se trataba justo de lo contrario. Un futuro biógrafo, reclutado por una editorial incipiente para reconstruir la trayectoria de tres destacados empresarios de la ciudad, llegaría al extremo de describirla como producto de un síndrome de Howard Hughes a la inversa: en lugar de la reclusión en habitaciones en tinieblas, la búsqueda obsesiva de espacios iluminados cada vez más desprovistos de objetos. ("Curioso", abundaría el biógrafo sin ahorrarse el filón freudiano, "que la manía minimalista se hubiera alojado en un hombre de éxito cuyo gusto por la acumulación estuvo latente desde la niñez temprana".) Luego de poner la venta del *penthouse* en manos de su agente de bienes raíces y de encargar el destino de muebles y demás pertenencias a su hermana mayor –quien siguió insistiendo, aunque ya sin mucha convicción, en la crisis de la mediana edad un tanto anticipada– él se entregó a un peregrinaje que lo volvió el cliente predilecto, primero, de la industria hotelera, que se adecuó a unas exigencias cuyas singularidades aumentaron a la par de la compensación económica; y después, de las compañías inmobiliarias, que súbitamente se especializaron en la localización de departamentos en renta, luminosos y amueblados sólo con lo necesario para vivir con cierta comodidad, ubicados de preferencia en alguna de las escasas y por ende costosas zonas arboladas de la urbe. Esta mudanza permanente se extendió a lo largo de todo un año, durante el cual la gente se acostumbró a verlo con un guardarropa cuya elegancia no podía disimular una exigüidad *in crescendo*, y cuya renovación estaba ligada al rastreo del próximo domicilio provisional: el asco pasó a ser una especie de sastre abstracto y a la vez un gerente o arrendador que podía presentarse de modo intempestivo al cabo de un mes, dos semanas, o apenas unos días –como sucedió en ese hotel *boutique* que contaba con tres únicas *suites*–, para exigir el desalojo inmediato. Alcohol, cocaína y sexo fueron los elementos que se mantuvieron estables en este periodo; el desfile de mujeres se hizo tan variado como las sábanas entre las que se retorcían, y él empezó a percibir una mayor proclividad por aquellas que alternaban gemidos y silencios a cambio de billetes y un interés menor, que por las le preguntaban por su evidente pérdida de peso. Y entretanto las cosas miraban, esperando el instante preciso para manifestar, en todo su esplendor, su proceso de degradación.

La epifanía ocurrió una noche en que chateaba, o más bien, intercalaba algunas frases de admiración y provocación con una veinteañera torrencial que resultó ser estudiante de arte −el tema de las respectivas ocupaciones, la de él obviamente tergiversada, quedó atrás en dos líneas−, y cuya soltura y desinhibición al momento en que el diálogo comenzó a cobrar un cariz erótico hicieron que él sugiriera dar el salto natural a las *webcams*. La penumbra de la que solía rodearse para no ser reconocido −con el tiempo había descubierto, además, que a las chicas del otro lado de la pantalla les excitaba la noción de ser espiadas por un hombre misterioso que sin duda se tocaba entre las sombras− fue alumbrada de golpe por un estallido atómico, detonado no por la rapidez con que la veinteañera se despojó de camiseta y *jeans* para revelar una elasticidad sin más ataduras que unas pequeñísimas bragas, ni por el destello de *piercings* en ombligo y pezón izquierdo por los que se antojaba introducir un cordel que permitiera izar todo el cuerpo para desplegarlo como una escultura móvil, ni por los dedos tatuados con tenue caligrafía que luego de abrir el ángulo de la cámara se abocaron al trazo de círculos concéntricos en el bajo vientre, sino por algo que se encontraba en segundo o tercer plano, en la pared junto al lecho individual donde la joven se tendía para continuar el automasaje mientras él se olvidaba de la erección y acercaba su rostro a la computadora para comprobar que no, no era un engaño tramado por los ojos y el exceso de alcaloides: allí estaba el espacio que poblaba sus sueños desde el domingo en que el asco había llegado para quedarse en su vida, allí estaba el cuarto vacío que figuraba en la pantalla de plasma al filo del barranco o más bien la fosa común, reproducido en un cartel que anunciaba la exposición retrospectiva de un pintor cuyo nombre quería decirle algo, aunque no le decía absolutamente nada.

Lo difícil fue persuadir a la chica de que el segmento *webcam* de la sesión había acabado −"ya te veniste, ¿cierto?", escribió ella; "sí, delicioso", replicó él; "la misma historia de siempre", se quejó ella− y de que el interés por su área de estudio era genuino, tanto que la imagen tras la cama no había pasado inadvertida. Lo fácil fue obtener detalles inútiles hasta dar con el dato anhelado pero imprevisto: el cuadro del cartel era la última gran obra del pintor, concluida cuatro años antes de su muerte y basada, según se decía, en un recuerdo de su pueblo natal, convertido casi en un boscoso suburbio situado cuarenta kilómetros al norte de la ciudad. Lo difícil, no, lo imposible fue tratar de dormir después de deshacerse de la veinteañera con la promesa de buscarla otra noche: la luz, esa luz desalmada a la que pertenecía la habitación del pintor, había invadido la realidad para llenar cada resquicio y dejar libre acceso al insomnio con su batallón de fantasías impetuosas que semejaban un tropel de pesadillas. Lo fácil −más fácil de lo que hubiera creído por su condición− fue desaparecer en un acto que la prensa, al cabo de que se hallara su cadáver, calificaría ridículamente de magia empresarial: bastó llamar al chofer en cuanto amaneció, una aurora azulada y furtiva, para que le llevara el automóvil adquirido en fechas recientes e indicarle que tomara con su mujer unas vacaciones tan merecidas como repentinas mientras él hacía lo propio; avisar a su secretaria que se había presentado una crisis familiar y a sus hermanas que había surgido un conflicto laboral, nada importante aunque implicaría que se marchara unas dos semanas de la ciudad sin interrumpir por supuesto el contacto; comprar por Internet un boleto de avión al primer país de Sudamérica que le vino a la cabeza en medio de la falta de sueño que, con todo, no le impidió maquinar esa pista falsa; acudir a un par de bancos a retirar el efectivo suficiente para vivir con holgura de cuatro a cinco meses; cambiar el coche en un negocio de autos usados donde el dinero fue la mejor forma de identificación; arrojar a distintas alcantarillas llaves y credenciales y tarjetas de crédito y el iPhone estrenado junto con el carro del que acababa de desprenderse para entonces extraviarse como otro ser anónimo entre el caos urbano que nunca más volvería a ver. Se sentía dueño de una ligereza sobrenatural; la delgadez ganada en el último año sería cubierta en adelante sólo por el atuendo seleccionado en la mañana: un traje oscuro y una camisa blanca donde la suciedad de los días iría dibujando sus mapas.

Todo parecía predestinado, parte de una estructura insondable que siempre había vibrado frente a él pero que hasta ahora se le develaba con claridad. Por eso no le asombró toparse, media hora después de entrar en la zona natal del pintor de la estancia vacía, con una inmobiliaria —por llamarla de alguna manera— atendida por un cincuentón taciturno que le aseguró tener en renta un espacio como el que buscaba: un departamento sin amueblar, pequeño pero muy iluminado, con una recámara que daba a una de las áreas más arboladas del pueblo. Tampoco le sorprendió que el hombre aceptara mostrarle el espacio en ese mismo instante —la actividad brillaba por su ausencia ese mediodía de verano en el salón acondicionado como oficina—, ni que recibiera cuatro meses de alquiler por adelantado sin hacer demasiadas preguntas ni exigir más trámite que una firma en el contrato. A fin de cuentas, testificaría el arrendador luego de asumir su desinterés por la esfera de las grandes compañías, el inquilino lucía como un tipo normal: demacrado y ojeroso pero normal; otro de esos artistas que venían de la ciudad en pos de quietud para trabajar en sus cuadros. Hasta el último minuto evitaría decir que, en el fondo, se prestó a un convenio irregular porque la enfermedad y muerte de su mujer lo habían lisiado económicamente: una lesión de la que aún no se lograba recuperar.

Una vez a solas en el departamento, Santiago echó doble cerrojo a la puerta y se dirigió al único dormitorio: no era exactamente igual que la habitación de sus sueños pero funcionaría. Vio con un temblor de anticipación cómo los árboles tras la ventana se rendían a las caricias del viento con una suavidad de cabelleras, cómo el fulgor de la tarde manchaba las paredes de sangre que la luz matutina limpiaría hasta no dejar huella. Decidió esperar esa luz y por ello se tendió en el suelo desnudo, pensando en el barranco que bostezaba en un lugar más allá de los árboles: la fosa común donde yacían todos los objetos del mundo, el destino al que debió apelar mucho tiempo antes de que el asco irrumpiera en su vida. Mientras se dejaba envolver por la crisálida que la inanición tejería con paciencia a su alrededor, comprendió que su verdadera mudanza apenas había comenzado: las cosas lo aguardaban, eternamente estoicas en el laberinto de la acumulación, para que él las atravesara con el cuchillo de su mirada en tanto ese algo enorme y corrompido que acechaba bajo ellas terminaba de emerger.

COSAS DE ARIADNA

A la señora Ariadna, esa lánguida escultura de entre treinta y cinco y cuarenta años –nadie conoce su edad exacta: en las reuniones los vecinos dicen que cuando el dato se revele la señora se resquebrajará como una de las ruinas que suele visitar en otros continentes–, le encanta comprar cosas para distribuirlas en distintas habitaciones y así llenar su casa, ubicada en lo alto de una colina a las afueras de la ciudad. Aquella casa blanca con pisos siempre pulidos hace pensar en una villa griega, uno de esos chalets de cara al mar Egeo adonde los millonarios acuden para broncearse la piel marchita y beber el jugo de una fruta exótica o lamer los hilillos trazados por el sudor en la espalda de una viuda que, como Ariadna, se dedique a acumular objetos sin perder el tiempo en reflexiones inútiles sobre el derroche de dinero y la desigualdad económica en el mundo.

La herencia familiar ha sido más que suficiente. Ariadna no necesita a ningún hombre que le pague sus caprichos, no se acuesta con nadie para obtener más cosas. Prefiere dormir sin compañía en la cama *queen size* de su dormitorio azul con vista al jardín amplio y sinuoso de la finca; soñar con los ambiguos parajes insulares diseñados por los ansiolíticos sin que unos dedos hurguen a medianoche bajo su camisón de seda; despertar cada mañana sin la obligación de besar a alguien que huela a edad hacinada inexorablemente. Su marido, que en paz descanse, fue la gota que derramó el vaso de los hombres; es mejor mantenerse al margen de la telaraña que tejen las relaciones sentimentales y relegar al desván del olvido las caricias que sólo sirven para agrietar los pechos, la saliva que reseca el vientre y los muslos, la lengua que incursiona con torpeza en el monte de Venus. Es más hermoso poblar de cosas la casa, acomodarlas con la mayor delicadeza posible, contemplar cómo ellas mismas reclaman la mesa o la estantería o el rincón que les corresponde desde siempre con un estremecimiento ligero, rozarlas al pasar de una habitación hermética a la sala donde las paredes han sido sustituidas por ventanales que observan fijamente el jardín en desnivel. Esa mirada de cristal es parecida a la que los ojos de Ariadna esparcen frente a las esculturas conseguidas en Florencia o el juego de té adquirido en Tokio: una mirada rebosante de reflejos de cosas en la que se funden y confunden los tapices de la India, la vajilla de Limoges y la cubertería de plata obsequiadas por alguien cuyo nombre se ha diluido en el mango de los tenedores, las tres sillas Biedermeier congregadas alrededor de una mesa circular sobre la que reposa una muñeca de porcelana surgida de no se sabe dónde. Allí está el armario que viajó desde Estambul para descansar sobre una alfombra persa, allá la colección de platos con insignias de diversos países que ocupa un muro inmenso, aquí los ruidos que perturban a Ariadna desde hace varios días.

¿Qué podrá significar ese correr de patas diminutas sobre el piso, ese roer de alimañas en las demasiadas habitaciones que laten solitarias en lo alto de la colina? La primera vez que captó los sonidos, Ariadna imaginó que las estancias llenas de cosas hablaban de ella en voz baja; que los objetos desarrollaban bocas de madera y metal y tela y vidrio para relatar anécdotas de su propietaria, historias que se han congelado en las paredes y en los candiles que penden como manojos de estalactitas.

El silencio aceitoso de las cosas se ha disuelto por una razón indescifrable. El orden de las cosas en la casa se ha ido alterando casi imperceptiblemente: resulta espantoso entrar en un salón para ver que una figurilla de marfil que debería estar en la vitrina se encuentra sobre la mesa de centro, sonriéndole a un busto que pertenece a la biblioteca; pasar al dormitorio para desnudarse y sumergirse en un baño de burbujas y descubrir que un jarrón chino del comedor se ha instalado cerca del vestidor; recostarse en un sofá de la vasta sala principal y empezar a frotarse con la soledad y ciertas cosas al alcance de una mano cada vez más rápida, cada vez más urgente, antes de notar la ausencia de una mecedora y una talla de ébano que aparecerán después una en la cocina, la otra en la terraza estriada de sombras; salir al jardín cuando la luna es un ojo intruso entre las brumas de la tarde y soltar un grito sofocado al toparse con una mesa y una silla Chippendale en medio de la explosión nuclear de las bugambilias; hallarse en la cocina guisando y discutiendo sobre platillos con la sirvienta de planta y no dar con ninguno de los utensilios comprados en Italia meses antes de que Ariadna localizara a su esposo muerto, sentado en un sillón orejero junto a los ventanales de la sala principal con varias copas de Baccarat entre los brazos y rodeado de muebles que fueron los únicos testigos de su derrame cerebral, los únicos vigías que lo observaron expirar encarando el crepúsculo con un hilo púrpura que más bien parecía sangre densa colgándole de los labios.

Ahora, de pie frente a los mismos ventanales que anticipan la irrupción de la noche, Ariadna recuerda que no ha vuelto a saber nada de los ovillos de hilo con que, en uno de sus múltiples ratos de ocio, comenzó a elaborar un tejido en forma de laberinto del que acabó por desistir. Bebe un trago de *brandy* mientras se ajusta el vestido que remata en una minifalda negra y un par de piernas bien torneadas en las que sus uñas se demoran, rojas y radiantes, unos momentos más de lo conveniente. No le importa que la esté espiando alguien, un voyerista de telescopio enhiesto que pudiera llegar a creer que la dueña de la casa en la colina lleva el luto con displicencia.

Hoy se conmemora un año de la muerte del esposo de Ariadna. Ella ha recibido mensajes de condolencia durante todo el día, y ya sólo le queda esperar a quienes llamaron para avisar que la visitarían por la noche. Nada más un instante, querida, no deseamos molestarte en estas horas de dolor y recogimiento, vamos a interrumpir tu nostalgia unos minutos, nos gustaría consagrar los segundos más especiales de la jornada al recuerdo de tu marido. No nos acordamos de su nombre —algo con *T*, ¿verdad?— pero era un hombre valioso, un caballero a la antigua, un rey de las finanzas; lástima que ahora se reduzca a un puñado de fotografías en aquella vitrina tan preciosa. ¿Todavía no estás dispuesta a vender la vitrina? ¿Y qué dices del cuadro de Edward Hopper? Tú pones el precio y otro trago de *brandy*, lo mejor de lo mejor para la mejor colección de cosas de esta zona residencial. Salud.

Ojalá que no viniera la gente del teléfono. Qué ganas de estar a solas con los adornos y los muebles y las pinturas, tocarlos y sentirlos a flor de piel en una comunión cada vez más íntima, cada vez más vibrante la punta de los dedos al acariciar las cosas y besarlas y enredarlas en el pelo. Por qué no cerrar las puertas y prohibir la entrada al mundo y absorber despacio el silencio de las cosas, aunque más que silencio es una quietud de monolitos que eriza el vello de la nuca, una impasibilidad de seres inorgánicos que desean aprehender la atmósfera como si fueran las manos de Ariadna, el olfato de Ariadna que registra el perfume sutil de los objetos mientras allá afuera el viento deambula con el atardecer en los hombros y el jardín se peina las bugambilias con ademanes de sombra verde.

Ariadna deja caer su mirada sobre las cosas que colman la habitación lugar desde donde se intercambia ideas con el panorama vespertino. Qué dulces son los objetos, qué dóciles cuando ocupan el sitio que nada ni nadie más podría ocupar porque se desataría el caos; qué vivos a esta hora en que los relojes de la casa han decidido enmudecer y el *brandy* es terciopelo en la lengua, hervor en el esófago, lumbre en el bajo vientre. Ariadna sonríe y es como si sonriera el sillón orejero donde su esposo expiró con un gesto de sorpresa torciéndole las facciones.

Y entonces llegan los ruidos, fisuras pequeñas y precisas en la tranquilidad de las cosas y la casa. Ariadna escucha con atención por si se tratara de ratas pero eso es imposible, ratas jamás, sería ridículo pensar en un batallón de ratas correteando por las estancias y mordisqueando alfombras, mesas, sillas. Así pues, ¿qué implicará ese reptar sedicioso a lo largo del suelo; o será a lo largo del cielo raso? Como de costumbre, Ariadna no logra ubicar los sonidos y eso la descontrola más aún: ignora de dónde provienen, si de la cocina o el comedor, de la terraza o su dormitorio. Se diría que las cosas cantan en un lenguaje suave de porcelana y marfil, un idioma de bailarinas compradas en un establecimiento de París pero ratas no, ratas nunca, las ratas se eliminaron hace tiempo de lo alto de la colina. Debe haber alguien más en la casa, un invitado de luto que se divierte moviendo los objetos de su lugar, el marido de Ariadna en búsqueda frenética de ovillos de hilo para comer.

Los ruidos aumentan de intensidad y por primera vez Ariadna se siente con los nervios hechos un nudo ciego. Hoy es un día distinto a los anteriores porque los sonidos son más frecuentes, más salvajes: al cabo de cada intervalo hay un nuevo golpe o quizá –por qué no– una nueva palabra, un arrastrarse más veloz en uno de los demasiados aposentos vacíos, una esfera de cristal de Murano que cae y rueda, varios libros que se reorganizan en un librero de nogal. Ariadna deposita la copa con el último trago de *brandy* sobre una mesa triangular y abandona la sala. A medida que atraviesa las habitaciones de la planta baja acciona interruptores, enciende lámparas, ilumina esquinas oscuras. Las cosas permanecen inmóviles y sin embargo los ruidos persisten, los ruidos evolucionan, los ruidos crecen y se dilatan y proliferan.

Ariadna sale del comedor seguida por un susurro de sillas que se reacomodan con lentitud. Cree identificar unas muñecas que intercambian besos antes de prender las luces de la biblioteca; por el rabillo del ojo se le cuela la imagen del piano que se desliza como un cangrejo negro en la penumbra del salón de música. En la cocina, los trinchetes han desertado de sus cajones para alinearse sobre el linóleo y la mesa del antecomedor se ha desvanecido: ahora bloquea la entrada a un medio baño destinado a los visitantes. Ariadna se dirige a la puerta principal y ahoga un alarido: todas las macetas del jardín se han agrupado frente a ella para examinarla con sus hojas mecidas por la brisa. Azota la puerta y se precipita al vestíbulo, la angustia y los sonidos pisándole los talones y estrujándole el corazón.

El teléfono adquirido en una tienda *vintage* de Londres no está por ninguna parte. Además los números de las personas a quienes se puede llamar en caso de emergencia se han aglutinado en una sola cifra estúpida y quién sabe dónde quedaron la agenda y el celular, quizá fueron devorados por una silla Biedermeier y los ruidos no se detienen, los ruidos se expanden, los ruidos insisten en su progresión enloquecida. Ariadna observa con horror que su copa de *brandy* ha mudado de sitio: alguien o algo la quitó de la mesa triangular para colocarla entre los dedos de una estatua griega que hasta hace unas horas estaba en la terraza, custodiando los muebles blancos remplazados ya por un ropero que contempla el anochecer con sus dos lunas bien limpias mientras el aire juega a llenar los huecos que dejaron las cosas.

Ariadna se desgarra las medias en el escritorio que ha renunciado a la biblioteca; pierde un zapato de tacón al tropezar con las sillas del comedor amontonadas en la sala principal; empuja dos jarrones que se hacen añicos en el piso; cree sentir los brazos de otra estatua griega alrededor de la cintura y corre hacia la escalera con el pelo trenzado por la respiración agitada de las cosas. Ahora todo es un vértigo de movimientos furtivos y de mobiliario que está donde no debería estar, un caleidoscopio de objetos que germinan en los lugares más incongruentes con un murmullo que remite a una misa negra.

Los almohadones de la terraza y el salón de música acolchan los pasos de Ariadna en la escalera. Tal vez su esposo la aguarde al final de los peldaños sembrados de figurillas y platos con insignias de diversos países; así ella no tendrá miedo al avanzar por el pasillo conquistado por las cosas de la casa. Así tomará la mano de su marido y sonreirá al rozar la piel de madera con su propia piel que se estará convirtiendo en porcelana; los dos juntos entrarán en el dormitorio compartido por tantos años y tantos objetos y se desnudarán para hacer el amor sobre el colchón *queen size* volcado en el suelo, a pesar del barullo de las cosas que los cercan. Esa noche, Ariadna gozará como nunca porque al fin permitirá que sus pertenencias la posean por completo; los objetos la besarán y penetrarán hasta el cansancio, hasta hacerla olvidar el significado de ser mujer y propietaria de una finca en lo alto de una colina en una exclusiva zona residencial, hasta que la saliva le escurra de los labios y el sudor se le agote en los poros y en la madrugada la localicen los vecinos con ayuda de la policía. La estuvimos llamando y nadie respondió; tratamos de entrar pero todas las puertas habían sido cerradas por dentro; por fin nos atrevimos a romper una ventana y qué espectáculo, qué olor a casa vacía y a objetos en descomposición: todas las cosas en el dormitorio de la señora Ariadna y ella sepultada por esa avalancha, los ojos abiertos de par en par y la cabeza de un pequeño minotauro de mármol brotándole de la boca.

TESEO EN SU LABERINTO

De pronto lo antiguo se precipita.

PASCAL QUIGNARD

Fuera, el sol que martilla el yunque del mediodía. Dentro, la sombra cimbrada por los bufidos del monstruo. Teseo se seca una gota de sudor.

En el calor de espadas fundidas de Cnosos, el ovillo de hilo posee un fulgor orgánico. Teseo piensa en Ariadna y ve una araña que teje su tela.

"Un laberinto es un mundo enroscado sobre sí mismo", se dice Teseo al mirar sus sandalias polvorientas. "Un laberinto es un embrión de mundo."

Algo de huesos pulverizados debe haber en el aire: cuánta blancura, cuánto fúnebre deslumbramiento. La piel de Teseo relumbra, sedienta.

Un bramido sale del corazón del laberinto y se tiende como red en el mar turquesa. "El hilo sonoro", reflexiona Teseo, "el cordel áspero de la voz".

La luz trenza una segunda toga en torno del héroe, que da los primeros pasos dentro de la oscuridad. Su cuerpo es una tea que vibra y danza.

Ígnea, como una lámpara, la carne de Teseo ilumina los muros de barro. Incontables víctimas han dejado su herencia escritural: jeroglíficos de sangre.

Del suelo de tierra roja comienzan a brotar huesos rotos: quijadas, costillares, cráneos apesadumbrados. Teseo camina por un sembradío óseo.

La atmósfera que se respira en el laberinto es en realidad una secreción. "El inframundo", medita Teseo, "no es sino un organismo que supura".

Hay olores que están en carne viva, olores que son la esencia del olor. Teseo se cubre nariz y boca para atravesar el aroma a muerte virgen.

En la negrura de carbón crujen brillos repentinos, fosfenos que lucen estáticos. Teseo mira luciérnagas atrapadas en el ámbar de la humedad.

El hilo que Teseo ató a la entrada del laberinto cobra una consistencia de cordón umbilical. El día es un vientre que se inflama a lo lejos.

Intestinos. En eso piensa Teseo a medida que se adentra en las circunvoluciones del laberinto. "He caído en el estómago del mundo", murmura.

El tiempo se ha vuelto un músculo largo que se contrae y relaja con lentitud. Teseo se siente perdido en la tiniebla viscosa de la historia.

El hedor a juventud carcomida aumenta a cada paso de Teseo. Él intenta imaginar el apetito del monstruo, su hambre insaciable de doncellas.

Entre los pies de Teseo se produce un deslizamiento constante de alimañas. El héroe sabe que los dioses del laberinto sólo pueden reptar.

Un mugido súbito hace que las sombras tiemblen como estandartes. Teseo comprende que el monstruo ya olfatea su cuerpo enfundado en sudor.

El mugido se triza en un flujo de mariposas negras que roza a Teseo. Un destello esmeralda nace en la distancia: el centro del laberinto.

El verdor fluctúa como si proviniera de la estancia submarina donde copula Poseidón. "Hay quienes dicen", cavila Teseo, "que ése es mi verdadero padre".

Hay un notorio envejecimiento en el perfume que domina el laberinto. Teseo visualiza la muerte como un anciano que aguarda en su madriguera.

Conforme se acerca al origen del verdor, el héroe nota que la agitación entre sus pies corre en sentido contrario. Las alimañas huyen de la luz.

Carne mancillada, carne marchita, carne melancólica. Los olores se mezclan para que Teseo asuma el laberinto como el gran matadero del orbe.

De pronto, al dar vuelta a una esquina llena de excrecencias, Teseo llega al corazón del laberinto. Con cuidado deja el ovillo en el suelo.

"Todo centro debe ser geométrico", se dice Teseo. Sus ojos resbalan por el recinto circular iluminado por una hoguera que despide fuego verde.

A la luz oscilante de la hoguera, Teseo ve formas carnosas. No tarda en entender que se trata de trozos de cuerpos desechados por la saciedad.

A unos metros de la hoguera se eleva un montículo que resulta ser una pirámide de cabezas. "El horror", medita Teseo, "exige testigos oculares".

La ausencia del monstruo es una presencia que crece en el ánimo de Teseo hasta desbordarlo como una copa a expensas de un vino implacable.

"Quizá los monstruos no son más que ideas", piensa Teseo. "Quizá el laberinto no es más que la mente enrevesada que les otorga hospedaje."

"Un laberinto es un cerebro y también un intestino. El pensamiento y la comida", se dice Teseo, "circulan en zigzag por el interior del hombre".

Las lenguas del fuego disminuyen la intensidad con que lamen la atmósfera enrarecida. Teseo siente que el aire gana peso a sus espaldas.

Tomar aliento, girar sobre los talones, afilar la vista en la piedra de la percepción. Las tres acciones colocan a Teseo frente al monstruo.

Primero es la certeza de que el cuerpo que satura el campo visual es uno de los más hermosos que se han contemplado al transcurrir de los años.

El tórax vigoroso, la cintura fina, los muslos como recién salidos de la fragua de un herrero. Teseo traga saliva: la belleza provoca sed.

Luego viene el desequilibrio, la seguridad de que la cabeza de toro que corona esa figura escultórica es obra de un artista inarmónico.

La pelambre hirsuta, los belfos con sangre seca, los ojos similares a grutas que devoran sus alrededores. Teseo examina fijamente a la bestia.

En las profundidades de la mirada taurina hierve la brea donde naufraga una brasa de humanidad. Teseo capta al hombre dentro del monstruo.

El olor que suelta el cuerpo sudoroso de ese hombre es de un salvajismo que marea a Teseo. La virilidad en bruto, diamantina, sin ataduras.

Una energía eminentemente carnal se crea entre los seres que se enfrentan. Turbado, Teseo advierte el inicio de una erección bajo la toga.

Pasa el instante como un moscardón. El monstruo abre las fauces y deposita en el aire viciado un berrido que fractura el hechizo erótico de Teseo.

La primera embestida sorprende al héroe, que cae entre brazos y piernas cortados con un arabesco trazado en el torso por un cuerno del toro.

La sangre tibia que mana del tajo logra que Teseo tome plena conciencia de su mortalidad. "El cuerpo del valiente", piensa, "también se pudre".

El monstruo vuelve a la carga con un gañido de furia casi humano. Su miembro, puede notar Teseo, es largo y oleaginoso: un tentáculo sexual.

El segundo contacto entre héroe y bestia tiene algo de amoroso: un reconocimiento de la piel del otro que se disuelve bruscamente entre jadeos.

Entre la fetidez animal que amenaza con desmayarlo, Teseo da con una zona de blandura en la que hunde toda la fuerza de su puño vuelto mazo.

El monstruo brama: los muros del laberinto vibran como epitelios. El dolor, asume Teseo ensordecido, también es patrimonio de la deformidad.

Dos golpes más en el punto afectado abren distancia con la bestia. Sangrante, Teseo se aleja hacia la hoguera que semeja una boca demoniaca.

La pirámide de cabezas adquiere un lustre vegetal al ser bañada por el fuego esmeralda. Teseo ve los frutos que da el árbol vasto de la muerte.

Los tambores de la adrenalina retumban en los oídos del héroe, que estudia la pirámide hasta llegar a la cabeza que sirve de cima o cenit.

Una melena rubia que escurre como fronda, unos ojos y unos labios inmortalizados a mitad del espanto. "La virginidad eterna", se dice Teseo.

La alteración en las moléculas turbias de la atmósfera es clara señal de peligro. Teseo entiende que el monstruo se ha recuperado y se pone en pie.

Al encarar de nuevo a la bestia, lo primero que distingue Teseo es la sangre que fluye por uno de sus flancos, negra y espesa como la noche.

"Cuánto te duele ser lo bello y horrendo que eres", farfulla Teseo. Y con esto arroja un alarido tras el que se abalanza en pos del monstruo.

La acústica del laberinto transforma el choque de los cuerpos enemigos en un frotamiento de carnes que se buscan para complementarse.

Lo que viene a continuación es un *ballet* acompañado por la música sincopada de la violencia y alumbrado por los pálpitos del fuego verde.

El Hades es un gran teatro con diversos escenarios para las representaciones de la ferocidad. El laberinto se vuelve uno de esos escenarios.

Gemidos y resuellos, arañazos y dentelladas, espumarajos e injurias, sangre y sudor. En la danza entre Teseo y la bestia todo tiene su par.

La piel del monstruo es firme y fibrosa, una armadura que recubre músculos como de metal. Las uñas de Teseo se rompen al herirla y rasgarla.

La deformidad tiene un peso similar al de las pesadillas. En varios momentos, Teseo siente que sus huesos serán vencidos por una alucinación.

Vuelan trazos rojos y negros, vuelan líneas de saliva, vuelan frases mutiladas. Aflora en todo su esplendor el lenguaje oculto de la saña.

Los cuernos son el arma más temible del toro que usurpa un espíritu que ya nunca podrá pertenecer a un hombre. Teseo los evita como sables.

Poco a poco, sin embargo, la razón se empieza a imponer a la irracionalidad. Por cada acometida de la bestia, el héroe encaja dos golpes.

En un arrebato de brutal lucidez, Teseo fija la mirada en el sexo de la criatura. Lo toma por la mitad y aprieta al límite de sus fuerzas.

El berrido del monstruo abre en el aire una fisura que lo hace tropezar y caer de espaldas en un estanque de dolor. Teseo se le echa encima.

Invocando el auxilio de los dioses como si se tratara de un fanal entre las sombras, el héroe se dedica a descargar la rabia de sus puños.

La resistencia de la bestia se comienza a agrietar igual que un edificio a merced de un sismo. Fortalecido por la sangre ajena, Teseo aúlla.

Puñetazo tras puñetazo, el cuerpo escultural se despoja de su belleza. En ese desnudamiento extremo no va quedando más que una pulpa informe.

Para rematar la obra de su encarnizamiento, Teseo sumerge una mano en el ojo derecho del toro. La extrae llena de memorias viles que todavía se agitan.

El triunfo es un siroco que inflama los pulmones. Vestido de viscosidades, Teseo se yergue con los pies a ambos lados del monstruo que expira.

El grito victorioso que nace en las simas de la voz es cortado por el impacto en el centro de la nuca. Teseo se derrumba con la boca abierta.

En la penumbra que sobreviene, la doncella decapitada cuya cabeza corona la pirámide acaricia al héroe con el cuello aún palpitante por el tajo.

La desnudez de la doncella se apaga para dar paso a un cielo en el que titilan estrellas agónicas, que a su vez se reflejan en una superficie líquida.

Recobrar la conciencia implica atravesar un Estigia de aguas semejantes a un aceite oscuro donde se desdobla la antorcha sostenida por Ariadna.

La mujer se halla a la entrada del recinto circular, envuelta en una túnica que acentúa sus curvas de estatuilla. Algo de insecto hay en su postura.

Dos revelaciones sacuden el cráneo adolorido de Teseo: su propio cuerpo está atado al cadáver del monstruo y Ariadna trae el ovillo en la mano.

Así, con el hilo entre los dedos y el rostro iluminado por la tea, Ariadna realza su aspecto arácnido. "¿Qué está pasando?", pregunta Teseo.

"He consultado el oráculo, amor", sisea Ariadna, su voz trocada en hebra de una telaraña que germina en la atmósfera. "No me gusta lo que vi."

"¿Ver?", dice Teseo, "los oráculos son para oír". "Te equivocas", replica Ariadna, "también hay oráculos que te permiten mirar: oráculos como ojos."

"¿Y qué viste?", pregunta Teseo, los músculos contraídos. "Me vi abandonada en una isla blanca", dice Ariadna, "me vi llorando en una playa desierta".

"¿Abandonada?", murmura Teseo, "¿por quién?" Ariadna deja que la antorcha crepite en un silencio breve antes de responder: "Por ti, amor. Por ti".

"Pero si no te voy a abandonar", dice Teseo, "¿cómo te voy a abandonar si he matado a tu hermano con tu ayuda? Desátame, mujer, libérame. Te lo imploro".

"Lo harás", dice Ariadna, "te marcharás cuando yo esté dormida en la isla. Me casaré con la embriaguez y me convertiré en una constelación solitaria".

"Pero esto no debe suceder", se atraganta Teseo, "se supone que debo salir vivo del laberinto para regresar a Atenas. Es lo que está escrito. Es lo que todos saben".

"Cierto", dice Ariadna, "pero al volver a Atenas lograrás que tu padre se suicide y acabarás casándote con una de mis hermanas. Un mal futuro".

"Además", añade melodiosa, "los mitos existen para reescribirse cuantas veces sea necesario. Hasta que tengamos la versión que nos satisfaga".

"No me abandones aquí", dice Teseo al confirmar una vez más que sus ataduras son tan resistentes como el hilo del ovillo. "Por favor, mujer."

"Te abandono para que no me abandones", susurra Ariadna, nostálgica. "Soy la araña que te da el hilo y soy la araña que te lo quita. Adiós, amor."

"Por favor", suplica Teseo, y con la vista angustiada recorre los trozos de cuerpos que lo circundan. Tiembla al pensar en el hambre que se aproxima.

Las cabezas colocadas en forma de pirámide parecen despertar por un efecto del fuego verde que mengua. "Mis espectadores y súbditos", piensa Teseo.

Precedida por la luz de la antorcha, Ariadna empieza a desandar el camino marcado por el hilo. Tras ella explota el rugido del nuevo rey del laberinto.

"El núcleo de toda ciudad que se respete debe ser intrincado", reflexiona Ariadna. Tras las paredes que la rodean, alcanza a percibir el pulso solar de Cnosos.

Al salir del laberinto, lo asume Ariadna, el ovillo irá a dar a una cloaca. No vaya a ser que a algún pobre diablo se le ocurra meterse a cambiar la historia.

LAS ESTACIONES DEL SUEÑO

–No viajo en metro ni en tren –confiesa la mujer–. No me gustan, los vagones me dan un miedo espantoso. Hasta los trenecitos de las ferias y los parques de diversiones, los que dan vueltas y vueltas y tanto fascinan a los niños, me causan pavor. Por fortuna, mi madre nunca ha sido fanática de los parques; yo los evito hasta donde puedo, más aún si sé que hay un tren. También procuro evitar las estaciones de metro; si voy caminando por la calle, pensando en otras cosas, y me doy cuenta de que estoy a punto de pasar frente a alguna, cierro los ojos hasta que la dejo atrás. Son como bocas, ¿a poco no?, bocas que se tragan a la gente y no la escupen sino hasta quién sabe dónde y cuándo. La única vez que fui a Europa, en uno de esos *tours* universitarios de mochila al hombro, sufrí como nunca porque mis amigas se movían en metro y en tren y yo era incapaz de hacerlo, las alcanzaba a pie o en autobús; era la última en llegar a todas partes, la neurótica, la *metrófoba*, como una amiga me apodó. Una experiencia horrible.

"La culpa, por supuesto, es de la pesadilla. Ahí estoy yo, a los nueve o diez años, en el andén de una estación de metro;

aunque jamás he pisado uno, sé perfectamente que eso es un andén. Voy de la mano de mi madre... no, de la mano de una mujer que supongo es mi madre, porque por más que levanto la cabeza no puedo verle el rostro; es como si estuviera envuelta en niebla, como si una nube la cubriera del cuello hacia arriba para desdibujarle la cara. Espero, no, ruego que la mujer a mi lado sea mi madre porque el terror comienza a invadirme: un terror a todo y a nada a la vez, uno de esos miedos infantiles que de repente, sin razón, crecen dentro de nosotros y nos dejan congelados como bloques de hielo que alguien o algo recogerá con tenazas.

"Le pregunto a la mujer que creo es mi madre a dónde vamos, qué hacemos en ese andén rodeadas de desconocidos. Ella murmura una larga explicación, hasta donde recuerdo, pero la nube que le tapa el rostro distorsiona lo que dice. Imagine usted que alguien mete un radio a bajo volumen en una almohada de plumas y lo arroja al fondo de un pozo: ésa es la sensación. La cosa es que no entiendo nada y eso contribuye a que mi terror aumente segundo a segundo.

"Y entonces llega el metro. Sin previo aviso, sin ningún rumor: de pronto está frente a mí, una aparición metálica, y las puertas de los vagones se abren en medio de un silencio que me pone a temblar. Nadie baja; la gente que aguarda en el andén sube a toda prisa, con una ansiedad que da asco. La mujer que suplico sea mi madre me jala de la mano, empujándome hacia un vagón; yo me resisto, gimo y pataleo, pero la presión es superior a mis fuerzas y acaba por vencerme. Antes de que las puertas se cierren, de nuevo sin hacer ruido, la mujer que ahora estoy segura de que no es mi madre se escurre al andén; se queda ahí, inmóvil, observando cómo el metro sale de la estación mientras yo aporreo las puertas y el piso y grito y rompo a llorar. La nube que la cubre del cuello hacia arriba se ha disipado y puedo distinguir su cara: es la mía, mi propia cara tal como la veré en los espejos cuando cumpla noventa años. Porque llegaré a esa edad; no sé cómo explicarlo pero algo en el corazón o muy cerca de él me dice que lo que vi fue un pedazo de mi futuro, una rendija que se ensanchó y permitió que en un parpadeo me contemplara en la vejez, un umbral que atravesé un momento para conocer a la que seré cuando me recluya en un asilo de ancianos. Aunque suene ridículo, desde entonces he vivido con la idea, no, con la certeza de que hay sueños que no mienten. Hay sueños que son verdades disfrazadas de sueños.

"El primer túnel nos devora. No se me ocurre otro término para describir la impresión de ser masticada y tragada por un animal enorme, como la ballena de la Biblia o la de aquel cuento con el muñeco de madera. Los otros pasajeros, mis compañeros de vagón, parecen justamente muñecos: viajan sin hablar, sentados o de pie, con la vista perdida, ajenos a mis gritos y patadas. Nadie trata de consolarme, nadie me calla ni me pregunta a qué se debe el llanto pese a que soy la única niña en el metro; todos los demás, absolutamente todos, son adultos o personas mayores. No me calmo sino hasta que llegamos a la siguiente estación, al cabo de una eternidad.

"Aquí es donde empieza la auténtica pesadilla. La nueva estación es igual a la anterior, salvo por algunos detalles: está menos iluminada, hay luces que titilan o de plano no funcionan. El reloj digital del andén marca una hora absurda: las veintiséis con setenta y ocho, por ejemplo. La iluminación irá de mal en peor conforme el metro llegue a otras estaciones; los relojes enloquecerán y registrarán números romanos, palabras o trozos de palabras en quién sabe cuántos idiomas, letras chinas, dibujos como los de las pirámides de Egipto. Un desorden, un silencio atroz.

"Nadie baja. Aunque mi cuerpo y mi mente me dicen, no, me ordenan abandonar el vagón y buscar una salida, hay una parte de mí, una parte que no está en mi mente ni en mi cuerpo, que me obliga a permanecer clavada en mi lugar. No puedo moverme, no puedo ni abrir la boca. Sube entonces una mendiga, una ciega que tantea el piso con su bastón; sus ojos son leche cuajada, dos agujeros blancos en los que vibra algo que hace pensar en moscas, insectos atrapados como el mosquito al principio de aquella película de dinosaurios que resucitan. Sólo al ver esos ojos entiendo qué me mantiene paralizada: el pánico, esa parte de mí que está fuera de mí, que me pertenece y a la vez no. El pánico pero también, allá al fondo, la curiosidad, esa palpitación que nos acompaña desde niños aunque no la queramos y la despreciemos con toda nuestra energía. Ese segundo corazón.

"Se cierran las puertas. El metro arranca. La ciega extrae una bolsa de plástico de entre su ropa, se la cuelga del antebrazo junto con el bastón, se recarga en un asiento y se frota las manos hasta que sale fuego. Sí, fuego: primero chispas, después una flama que poco a poco se convierte en una fogata en miniatura. La ciega echa a andar a tientas por el vagón, controlando las llamas que bailan entre sus dedos, jugando con ellas como si fueran mascotas, y los pasajeros le deslizan objetos en la bolsa de plástico: billeteras, monederos, anillos, aretes, collares, mancuernillas, relojes de pulsera, hasta una dentadura postiza. Alguien le enreda una pañoleta en el cuello; alguien le acomoda un paraguas en el antebrazo; alguien le pone un abrigo sobre los hombros. Cuando se detiene al otro extremo del vagón, la ciega sonríe, vuelve a frotarse las manos y apaga el fuego como adelantando la entrada en la estación siguiente. Ella es la única que baja; la sustituye un manco que con gran agilidad, sin derramar una gota, manipula un puñado de agua que trae en la mano que le queda.

"En cada estación sube un mendigo distinto: un sordomudo que abre los labios para reproducir el sonido del viento que sopla en las noches de otoño, una mujer con las piernas hinchadas que va dejando un reguero de tierra que milagrosamente se evapora, un cojo que exhibe un frasco hermosísimo donde flotan pedazos de cordón umbilical, una enana que canta con voz de soprano mientras jala una especie de carrito con un viejo que no es más que un torso. Cada uno carga una bolsa de plástico o arrastra una caja de cartón amarrada a la cintura en donde los pasajeros, sin chistar, depositan sus limosnas: corbatas, pañuelos, lentes, zapatos, calcetines, medias, sacos, suéteres, camisas, blusas, faldas, pantalones, ropa interior. De repente, cuando menos lo espero, estoy rodeada de gente desnuda. La sensación es igual a la que me provocan las películas de guerra, en especial las escenas en que los trenes llenos de judíos se dirigen a los campos de concentración, o peor aún, a las cámaras de gas: el despojo total, la renuncia a todo lo que alguna vez fue nuestro. Queda el miedo, claro, sólo eso seguirá perteneciéndonos hasta el último instante, hasta que no seamos más que miedo en estado puro.

"Aunque ya no hay nada que dar, continúa el desfile de mendigos y estaciones. Los pasajeros miran al frente, aturdidos, luego de que la última prenda sale por las puertas que se cierran. No sé si es hombre o mujer quien, ante el tipo cubierto de cicatrices resplandecientes que acaba de entrar, toma la decisión y se quita dos dedos de la mano izquierda: es un gesto rápido, limpio y sin sangre, como si un maniquí viejo aceptara donar fragmentos de sí a uno nuevo. El tipo de las cicatrices inclina la cabeza y guarda los dedos en su bolsa de plástico. Más adelante recibe un ojo, una oreja, un labio inferior, un trozo de nariz.

"Como usted comprenderá, esto es demasiado no sólo para una niña sino para cualquiera, así que en lugar de ponerme a gritar hasta enmudecer, que es lo que más se me antoja en ese momento, me lanzo a correr hacia otro vagón en busca de ayuda. Lo terrible es que, en cuanto intento huir del horror que me ha tocado presenciar, caigo en la cuenta de que el espectáculo se repetirá en el siguiente vagón, y en el siguiente, y en el siguiente: pasajeros que se desprenden de partes de sus cuerpos para dárselas a los mendigos que las introducen en bolsas o cajas. Una ceremonia, ¿cómo decirlo?, una asamblea de maniáticos a los que les gusta mutilarse. Veo a un hombre que se saca la lengua de un tirón sin siquiera fruncir el ceño; veo a dos ancianas que se tumban los dientes a puñetazos; veo a una mujer que empieza a arrancarse tiras de piel con las uñas. Olvídese de la ropa y los objetos que les arrebataron a los judíos: esto es el saqueo de la humanidad, el infierno en todo su esplendor. Y el metro no para, avanza y avanza y yo corro y tropiezo y me levanto y me estrello contra gente que se mutila sin pestañear y siento un asco tremendo pero me lo trago porque no quiero, no puedo, no debo dejar de moverme.

"Me detengo hasta llegar al primer vagón, el que está junto a la cabina del operador, que por fortuna va prácticamente vacío: apenas cuatro o cinco pasajeros desnudos e incompletos y una pordiosera que revisa su botín. Golpeo con todas mis fuerzas la puerta de la cabina para llamar la atención del operador, que no voltea. Es un hombre delgado, de espalda ancha y pelo corto, como lo usan los militares; por un instante creo que es mi padre, al que no conocí en persona sino por fotografías que mi madre a veces me enseñaba. 'No vale la pena que lo conozcas', me decía. 'Nos abandonó cuando tenías cuatro años y salimos adelante solas, así que no lo necesitamos. No lo necesitas; si quieres verlo, aquí están las fotos'. Pero lo peor es que sí lo necesito, y la prueba es que en ocasiones lo sueño: una figura que se agacha junto a mí para hablarme al oído y confesarme cosas que no logro entender. Cosas que supongo son fundamentales, de vida o muerte. Un tipo alto, de espalda enorme. Como el operador del metro.

"Cuando la pordiosera que viaja en el vagón alza los ojos de su botín y me descubre, una niña de nueve o diez años que tiembla de pies a cabeza; cuando abre los labios en una mueca a la que le faltan todos los dientes, algo que nunca he visto en la realidad; cuando luego de examinar y meter en su bolsa unos mechones de pelo que alguien le ha regalado comienza a caminar hacia mí, bamboleándose: justo entonces el metro alcanza la última estación, el final de la línea.

"Las puertas se abren. Todos, mendigos y pasajeros, bajan y se pierden en el andén que está como boca de lobo, sin ninguna luz, ninguna señal; todos excepto yo, que me quedo en el vagón admirando la labor tan limpia de la oscuridad, que no deja rastro de nada. Nadie se rezaga en el andén ni voltea a verme; lo último que distingo es el rengueo de una mujer que ha donado un pie a alguno de los mendigos. Después, la penumbra que se reacomoda para recobrar su volumen original. Después, detrás de mí, el ruido de un fósforo que se enciende.

"El operador del metro me mira; en algún momento debe haber salido de la cabina, por supuesto, pero no lo escuché. *Mirar* es un decir: en su rostro no hay rasgos identificables, así que ignoro si tiene ojos. No, estoy equivocada. No es que no tenga ojos, todo está en su sitio: cejas, nariz, barbilla; lo que pasa es que no hay nada particular en sus rasgos. Es un rostro sin rostro, una cara que podría ser la de cualquiera: la primera imagen que viene a la mente cuando alguien menciona la palabra *rostro* y que por lo tanto cambia de un segundo a otro, como si las facciones fueran de plastilina y unos dedos las moldearan a su capricho.

"'Toma', dice el operador, y me da la vela que acaba de encender. Su voz es como su cara: neutra, la idea que acompaña un término. Luego saca un papel del bolsillo de su camisa, lo desdobla y me lo enseña. Es un mapa semejante a los que aparecen en las caricaturas: una espiral burda en la esquina superior derecha, unida a la esquina inferior izquierda por una línea punteada junto a la que hay varias cruces. El dibujo de un niño.

"'Cuando salgas de la estación, debes localizar este laberinto', me dice, señalando la espiral en el papel. Después su dedo recorre la línea punteada. 'Es una ruta difícil, llena de sombras', indica las cruces, 'pero no hay otra; la vela te ayudará a vencer los obstáculos. Una vez que llegues al laberinto, permanece ahí y no lo abandones nunca: es tu lugar en el mundo, el perímetro que te corresponde. Dentro del perímetro, todo; fuera del perímetro, nada. Y ahora vete, porque no tardan las tinieblas'.

"Con el mapa en una mano y la vela en la otra, obedezco; mis piernas dan la impresión de moverse por su propia voluntad. Camino por el andén y cuando volteo atrás, al cabo de unos pasos, descubro que todo está a oscuras: el operador, el metro y las vías se han desvanecido. La única luz es la que arroja mi vela. Pese a que la cera chorrea, quemándome los dedos, el dolor no me disgusta: al contrario, me excita, y una sensación líquida, como si aguantara las ganas de orinar, oprime mi vejiga. Esta sensación crece conforme avanzo hasta encontrar una escalera que empiezo a subir; la presión aumenta con la subida y se vuelve una humedad insoportable pero deliciosa que no quiero, no puedo, no debo retener ni un minuto más. Y me dejo ir mientras continúo trepando escalones.

"La llama de la vela engorda y revienta en una fogata que me hace parpadear. Es el sol que se filtra por la ventana de mi cuarto. Con mi corazón latiendo rápidamente, despierto para darme cuenta de que he mojado la cama. Las sábanas están manchadas de orina pero también de sangre, lunares rojos que se reproducen en la parte trasera de mi camisón. Luego mi madre me tranquilizará y explicará que es mi primera regla, que me he adelantado a las niñas de mi edad pero que no me preocupe, son cosas que a veces —'raras veces', dirá, con el ceño fruncido— suceden. Durante varios días, sin embargo, andaré con las piernas apretadas, creyendo que soy anormal y que en cualquier instante puedo desangrarme hasta morir. Qué curioso: ahora que lo pienso sólo en la regla fui precoz, al resto de mi vida llegué tarde. Demasiado tarde.

"Desde entonces he buscado sin parar el laberinto dibujado en el mapa de mi sueño. Aunque me he topado con muchas líneas punteadas que he recorrido hasta el final, aunque gracias a la vela que recogí en la pesadilla he espantado varias sombras, no he logrado hallarlo. Sé que es un sitio caluroso, un espacio que pese a no tener pinta de laberinto podré reconocer al doblar una esquina. Sé, asimismo, que ese lugar es de algún modo mi muerte y que ahí estará mi padre, dispuesto a revelarme secretos de suma importancia; mi padre, o cuando menos una figura paterna. En ocasiones me angustio y creo que voy a enloquecer, pero de pronto recuerdo que viviré hasta los noventa años y me calmo. Todavía hay tiempo, me digo, no te desesperes, sigue buscando. Porque, ¿sabe, señor Silva?, es verdad: todavía hay tiempo para localizar el perímetro que nos corresponde en este mundo, pabilo suficiente para que arda la vela de los sueños."

EL PARAÍSO

A partir de un cortometraje de Mariana Chenillo

−¿Y ahora qué vamos a hacer? −dice ella.

−Tranquila, no pasa nada −dice él.

−¿Cómo que no pasa nada? Nos quedamos encerrados.

−Nos encerraron, que es distinto.

−Como sea. La cosa es que no podemos salir. Y todo por mi culpa.

−No es su culpa. En todo caso yo soy el responsable.

−¿Y eso por qué? No empiece…

−Soy supervisor y se supone que tengo una llave para cada puerta de este negocio. Pero olvidé el llavero en mi oficina. Allá está muy bien.

−Si yo no le hubiera pedido buscar mi contrato…

−Ciencia ficción.

−¿Cómo?

−Ciencia ficción. El *hubiera* es el tiempo verbal de la ciencia ficción. Si el hombre no hubiera inventado el laberinto; si el hombre hubiera llegado a una luna distinta a la nuestra;

si el hombre hubiera hecho esto; si el hombre no hubiera hecho aquello. Eso he leído por ahí.

—No sabía que le gustaba leer.

—En mis ratos libres. Tampoco piense que soy un gran lector.

—Mejor que yo, eso seguro. Ni siquiera recuerdo cuál fue el último libro que leí… Pero la cosa es que estamos aquí porque yo se lo pedí.

—No me puso una pistola en la cabeza. Quería ayudarla.

—Lo sé. Y se lo agradezco. Pero ahora tendremos que esperar hasta mañana a que la gente entre a trabajar. Dice que el que llega más temprano es el encargado de bodega, ¿no?, y que usted le tiene confianza.

—Sí. Le puedo hablar al celular a primera hora y pedirle que vaya por mi llavero y nos abra. Me costará invitarle unas cervezas, pero no dirá nada. A menos que quiera que llame a Miguel.

—¿Quién es Miguel?

—El guardia nocturno. El que nos encerró. La jefa de recursos humanos lo tiene entrenado para que vigile que su oficina esté bien cerrada cuando ella no se encuentra. ¿Quiere que lo llame? Es medio sordo, pero si levanto la voz…

—No, no, cómo cree… Usted y yo nos meteríamos en un lío.

—Pues sí. Quién sabe qué diría María si supiera que le mentí y estoy en su oficina buscando el contrato de una empleada, con todo y la empleada, en lugar de unos papeles míos. Debe haber olvidado decirle a Miguel que yo estaría aquí y que no me molestara, que yo cerraría con llave.

—Pero si de noche sólo está el guardia… ¿Por qué cerrar la puerta con llave? Mucho recelo, ¿no?

—María es una mujer extraña, bastante maniática. Aunque sé que la ha tenido difícil, no acabo de entenderla.

—Yo tampoco.

—Pero usted trabaja aquí desde hace apenas un año.

—Diez meses, en realidad.

—Bueno, ahí está. Yo llevo casi cuatro años como supervisor. Créame que conozco bien a María. Ella estaba aquí incluso antes de que yo llegara. Es una de las empleadas más antiguas del supermercado.

—Eso me han contado, sí. ¿Y qué otras manías tiene, además de cerrar su oficina a piedra y lodo cada vez que sale?

—¿Sabe que su marido y su hijo murieron hace un par de años?

—Sí, lo había oído.

—Aunque no sabe en qué circunstancias.

—Algo raro. Algo con un jardín, ¿no?

—Marido e hijo eran jardineros, pero jardineros de altura: trabajaban sólo en casas de clientes acomodados. No les iba mal, al contrario: María siempre hablaba del pequeño negocio de jardinería especializada que dirigía su marido. Decía que cada vez era más próspero y que pronto le permitiría renunciar al puesto de recursos humanos. Por desgracia no fue así.

—¿Qué pasó?

—Va a sonar increíble, lo sé, pero es cierto. Los mató un rayo.

—¿Un rayo? ¿En serio? Nunca había sabido de alguien que muriera de ese modo.

—Yo tampoco, hasta que María me lo contó. Su marido y su hijo se hallaban en un jardín enorme, en la finca de una viuda rica en una de esas colinas a las afueras de la ciudad, cuando ocurrió. Era época de lluvias. Comenzó la tormenta, una tromba de verano que paralizó el tráfico, y ellos corrieron a refugiarse bajo un árbol. El jardín era grande de verdad, según María, y su marido y su hijo estaban en el extremo más alejado de la casa; por eso fueron al árbol, un manzano o algo así, ya que les quedaba más cerca. Grave error: los dos murieron fulminados instantáneamente cuando un rayo alcanzó el árbol. La tormenta se volvió granizada y se prolongó casi toda la tarde. Una sirvienta localizó los cuerpos al anochecer, cubiertos de granizo. Recuerdo que María recibió la llamada en el supermercado pero no pudo salir de inmediato: se había inundado media ciudad y todo era un caos.

—Qué horror. Yo me habría vuelto loca.

—¿Ya ve por qué le digo que el *hubiera* es el tiempo verbal de la ciencia ficción? Si el marido y el hijo de María no se hubieran refugiado debajo de aquel árbol, ella sería una mujer normal sin esa fobia por los jardines.

—¿Cómo que fobia? No entiendo.

—Desde el accidente, María no puede entrar en un jardín. Vamos, ni siquiera puede pasar junto a uno: le da un ataque de nervios. También evita los parques hasta donde puede. Dice que estar donde hay muchos árboles juntos le provoca escalofríos.

—No lo sabía. Pobre mujer. Creo que ahora me explico por qué es tan callada y estricta.

—Pues, si le soy sincero, yo sigo sin comprender muchas de sus ideas.

—Oiga, debería ser más tolerante. La conoce desde hace más tiempo que yo.

—No me malinterprete. María es muy eficiente, no sé qué haría este negocio sin ella. Y le tengo aprecio, pero es una mujer rara. Y ser viuda sólo ha aumentado esa rareza.

—No es para menos. A ver, deme un ejemplo de esas ideas raras.

—Puedo darle varios. Uno le atañe a usted directamente.

—¿Ah, sí? ¿Y por qué?

—María detesta a las voceadoras de supermercado.

—Qué curioso. ¿Y eso?

—Las tolera, tiene que tolerarlas, pero las detesta. Dice que son un mal necesario porque deslizan mensajes subliminales en todo lo que vocean.

—¿Mensajes…?

—Ocultos. Con un sentido distinto al que tienen en apariencia.

—No entiendo.

—Muy sencillo. María logró que la chica que estaba antes que usted renunciara porque le hizo la vida imposible. Decía que cada vez que llamaba al encargado de salchichonería a la caja cuatro era una clave sexual, ya que la cuatro es la única caja que, por alguna razón, siempre está abierta. Cosas por el estilo. Hasta que la chica no aguantó más.

—Pues déjeme decirle que tiene su gracia.

—Claro. Siempre y cuando uno no sea el afectado.

—Mmm. De acuerdo. Ahora entiendo por qué a veces me mira de esa forma cuando nos cruzamos.

—Y por qué se negó a mostrarle el contrato cuando usted se lo pidió. Todo habría sido más fácil.

—Tiene razón. Lo lamento.

—Ya estamos aquí. Y además no hay problema. Lo hice con gusto.

—A ver, pues. Deme otro ejemplo de las rarezas de esta señora.

—Bien. ¿Por qué cree que esta oficina debe permanecer cerrada con llave si María no está?

—¿No quiere que alguien le deje mensajes... ocultos?

—Más bien muy a la vista.

—¿Cómo?

—Luego de que murieron su marido y su hijo, María empezó a recibir mensajes en la pizarra blanca que está allá, detrás de su escritorio. Alguien se los escribía mientras ella se hallaba fuera de la oficina.

—¿Mensajes de qué tipo?

—Amorosos.

—¿En serio?

—No lo sé. Es lo que ella aseguraba. Una sola vez me enseñó uno de esos mensajes.

—¿Y?

—Una tontería. "Eres el sol de mi existencia", una cosa así. María dijo que era un acosador secreto y que había que detenerlo. Armó un alboroto, organizó no sé cuántas juntas con los empleados. Convirtió al pobre Miguel en su ángel guardián. A partir de que su oficina se comenzó a cerrar cuando ella salía, los mensajes dejaron de aparecer por arte de magia.

—¿Y entonces? ¿Quién cree usted que los escribía?

—¿La verdad? La letra del único mensaje que vi era muy parecida a la de María. No puedo estar cien por ciento seguro, pero me da la impresión de que el acosador era ella misma. Terribles ganas de llamar la atención, de anunciarse como mujer nuevamente disponible. Vaya usted a saber. Por eso digo que no acabo de entenderla.

−Qué triste. Nunca terminaremos de conocer a la gente con la que convivimos a diario. Por más que nos esforcemos, nunca la conoceremos.

−Nunca, en efecto. Y eso no es todo.

−¿Ah, no? ¿Hay más?

−Le cuento el último detalle: cuando se enteró del accidente, el dueño del supermercado ofreció a María dos semanas de licencia con goce de sueldo. Ella estaba muy agradecida, por supuesto, pero al día siguiente del funeral de su marido y su hijo se presentó a trabajar como si nada. Le insistí que se fuera a su casa y me contestó que ésta era ahora su casa. "Aún más", dijo, "tal como indica el nombre del negocio, éste es mi paraíso. Aquí puedo alargar la mano y todo está a mi alcance: frutas, verduras, sopas, carnes de distintos animales, postres, bebidas. Tengo lo necesario para subsistir", dijo, "¿para qué necesito salir de aquí? Allá afuera no hay más que jardines donde la gente se muere. Allá afuera es el infierno".

−Pues en esto coincido con ella. La soledad puede ser justo eso: un infierno.

−Me parece un poco dramático, pero tiene razón. ¿Usted vive sola?

−Sí. Desde que falleció mi madre.

−Lo siento. No sabía…

−Pasó hace año y medio. Gracias de todos modos. ¿Y usted?

—Solo también. Me divorcié hace cuatro años.

—¿Tiene hijos?

—No. Bueno, todavía no.

—…

—…

—¿Le puedo hacer una pregunta personal?

—Sí… Supongo que sí.

—¿Por qué todos los días me deja una manzana en el cajón?

—¿Cómo? ¿Cuál cajón?

—Sabe a cuál me refiero. El cajón grande que está en paquetería, cerca del micrófono con el que voceamos. Cada día aparece allí una manzana en una bolsa de papel con mi nombre: Eva. ¿Por qué lo hace?

—¿Por qué está tan segura que soy yo?

—Sara lo vio la semana pasada y me contó.

—¿Sara?

—La otra voceadora. Es una víbora. Le encanta el chisme. Sabe todo lo que ocurre en el supermercado, quién anda o quiere andar con quién. De eso vive, de hablar de los demás. Casi siempre mal.

—¿Y dice que me vio?

—Sí. A la hora de la comida. Se le olvidó algo en su bolsa; regresó a paquetería pero, antes de llegar, vio que usted metía algo en el cajón. Cuando usted se fue, Sara se apresuró a revisar y encontró la manzana. "Ya sé quién es tu admirador secreto", me dijo, "el que te regala manzanas desde hace un mes".

—…

—¿Por qué se queda callado? No es un delito.

—No es por eso. Me siento estúpido.

—¿Por qué? A mí me gustaba el detalle.

—¿De verdad?

—Claro que sí. Al principio me desconcertó un poco, pero luego me acostumbré. Me alegraba la idea de que alguien pensara en mí. Aunque debo confesarle algo.

—Confesarte.

—¿Cómo?

—Dejemos el *usted*. Ya entramos en otro terreno, ¿o no?

—De acuerdo. Debo confesarte que no me comí ninguna manzana. Se las regalaba a Sara o a alguien más. Sara insistía en que me las comiera. "Ándale", decía, "son de tu admirador secreto. Tu admirador prohibido. Come, come." Te digo que es una víbora.

—¿No te gustan las manzanas? A otras mujeres que conozco les gustan.

—No puedo comerlas. Me cuesta mucho trabajo.

—¿Por qué?

—Problemas con la dentadura. Por eso necesitaba checar mi contrato. Sé que suena raro, pero no quiero hablar de eso ahora. Me da pena.

—Muy bien. ¿De qué quieres hablar?

—De la manzana de hoy. En cuanto dijiste que me ayudarías con el contrato, la guardé en mi bolsa. Decidí que era el momento de probar uno de tus regalos. Y de compartirlo contigo.

—Caray. Eso suena muy tentador.

—Tú empezaste con esto. Y Sara no ha dejado de molestarme: "Come lo que te obsequia tu admirador prohibido. Come, come".

—Entonces es hora de comer.

—Sí. Creo que sí.

—Pero ¿y tus dientes?

—Hay desventajas pero también ventajas. Ya verás.

—Como tú digas.

—Lo único que me preocupa un poco es Miguel. Aunque dices que es medio sordo…

—¿En qué estás pensando exactamente?

—¿Para qué adelantarnos? ¿O te apura que nos oigan y nos corran?

—No, la verdad no demasiado.

—¿Que nos expulsen?

—Que nos expulsen. Ya habrá una forma de evitar los jardines donde la gente se muere.

EN EL JARDÍN

Cada tarde de este verano ha llovido en el jardín de mamá.

A ella le gusta que lo llame así, "el jardín de mamá", porque afirma que es lo único que realmente le pertenece en el mundo. No sé si es correcto decir que mi mundo se reduce a este jardín donde los árboles se levantan como cabelleras verdes, como si mamá hubiera decidido sembrar cabellos hace mucho tiempo y de ahí hubieran nacido melenas a las que les crecen hojas, algunas frutas, pájaros que nunca he visto porque permanecen ocultos entre las ramas, cantando e intercambiando ideas en italiano. Mamá habla muy bien el italiano, dice que es el idioma de los pájaros. He llegado a creer que es un ave cuando la veo en su dormitorio, de pie ante la ventana que noche a noche se abre para que ella pueda descifrar lo que sueñan los árboles.

Cada tarde mamá se instala frente a su ventana, vestida de negro y con el pelo recogido en la nuca. Aparece allí, echa una ojeada al balcón por si hay alguna paloma muerta y luego se queda inmóvil, contemplando el jardín que huele a cabellos húmedos, a mamá recién salida del baño. Ciertas tardes, cuando la humedad es insoportable y los huesos me duelen, la abuela aparece también en la ventana, a un lado de mamá. Las dos platican en italiano sin dejar de mirar el jardín, y yo me río al imaginarlas como un par de cuervos que se cuentan historias que jamás terminan. A lo mejor hablan de Caino, mi hermano mayor, que acostumbra acariciar el pelo de mamá antes de irse a dormir. O quizá evocan a papá, que aún no regresa del viaje que emprendió hace casi un año.

Mamá asegura que hay guerra del otro lado del jardín, que detrás de esos muros tapizados de hiedra los hombres se matan. Por eso papá no ha podido volver de su viaje; por eso, en las noches más oscuras, algunos pájaros caen muertos con un ojo azul en el pico o un puñado de cabellos rubios entre las garras. Probablemente papá anda muy atareado recogiendo pájaros que guarda en su maleta, y eso es más difícil con esta lluvia terca que se pasea tarde tras tarde por el jardín.

Desde que se fue papá, a mamá le ha dado por comer fotografías antiguas, casi todas de él en la época cuando le gustaban los columpios y las mariposas. A veces se las come durante la cena, aunque por lo general se las traga con una taza de té caliente que la abuela le prepara antes de medianoche, poco antes de que el reloj del comedor suelte las doce campanadas que tanto perturban a la pobre de mamá. Ella dice que el reloj le trae malos recuerdos; yo digo que es el reloj más grande que existe, ni siquiera de puntillas puedo darle cuerda. Una vez se me ocurrió arrastrar una silla de la sala al comedor porque el reloj se había detenido y semejaba, más que nunca, una de esas cajas donde encierran a los muertos. Me subí a la silla y empecé a brincar para alcanzar la carátula. Pero llegó la abuela y me bajó a golpes, gritándome que era ella y sólo ella quien tenía la llave para darle cuerda al reloj, que yo estaba muy pequeño para pensar en cosas tan enormes como el tiempo.

La abuela no me cae bien. Me desagradan sus manos; parecen frutas viejas. Y su pelo, que de tan blanco es casi transparente. Y los cuentos que inventa cuando no puedo dormir y la lluvia golpea la ventana de mi cuarto con un millón de dedos. Los cuentos, sí, me molestan sobre todo esos cuentos que según la abuela son obra de la nostalgia, una palabra que no sé por qué me da escalofríos desde que la vi en un libro gordo junto al mapa de una nación –creo que es una nación– llamada Normandía. Lo que decía el libro me inquietó tanto que lo memoricé: "NOSTALGIA s.f. (del griego *nóstos*, 'regreso', y *álgos*, 'dolor'). Tristeza que se siente al encontrarse lejos del país natal o de algún lugar querido. Tristeza con que una persona recuerda épocas o personas del pasado a las que se siente vinculada afectivamente".

Una tarde me topé con mamá llorando frente a la colección de mariposas disecadas que papá tiene en su estudio. Cuando me vio se levantó para abrazarme y susurrarme al oído que la abuela era mala, que no era una persona sino la humedad en persona. No he logrado comprenderlo, aunque si lo dijo mamá debe ser verdad: detesta la mentira y a la gente que la practica. Además odio el olor de la abuela, ese vaho de objeto a medio podrir. A eso huele mi cama cuando despierto de una pesadilla y las sábanas están mojadas porque me dio miedo y no alcancé a ir al baño pero mamá no me regaña, dice que de niña a ella le sucedía lo mismo aunque la abuela sí la castigaba: la sacaba al jardín a medianoche y la dejaba bajo un árbol hasta el amanecer, y a ella le entraba el terror porque entonces no había pájaros sino mariposas negras, cientos de mariposas que en realidad eran pedazos de noche; la abuela los había recortado y doblado por la mitad y repartido en el jardín para que se alimentaran con las niñas que ensuciaban sus camas. A papá no le gusta coleccionar mariposas negras, sabe que mamá no las soporta; prefiere capturar mariposas de todos colores que luego exhibe en la vitrina de su estudio.

Recuerdo las tardes de otoño en que papá salía al jardín a cazar mariposas o lepidópteros, como las llama, una palabra que no ha sido fácil aprender. Decía que el jardín era gigantesco, descomunal, un paraíso perdido que nunca se podría conocer por completo y del cual, por lo tanto, nadie podría ser expulsado. Algunas noches, cuando regresaba a casa con su red repleta de colores, me describía los lugares y las cosas que había descubierto al fondo del jardín. Me contaba que allá era el final del arco iris, que había algo más bello que una simple olla con oro; allá se reunían todos los colores del mundo, que aleteaban y pasaban rozándole las mejillas. También decía que allá las orugas formaban cortinas entre las plantas, y cuando yo le preguntaba qué eran las orugas se echaba a reír y respondía que eran las mariposas con sueño: tejían su hamaca y a dormir se ha dicho. Me hablaba de un estanque azul donde se zambullían los pájaros, del aire que soplaba trayendo trozos de canciones infantiles, de unos columpios largos y oxidados, de la casa de muñecas abandonada que había sido construida a escala natural para que mamá reinara en su propio hogar —"su propio edén", sonreía papá— cuando era niña. Aún no puedo creer que todo eso esté al fondo del jardín. Las mariposas sí, si no de dónde las saca papá, pero lo demás quién sabe. Él siempre ha sido exagerado y le encanta bromear, como aquella vez que nos dijo que la mariposa más linda de su colección la había vomitado durante una madrugada calurosa.

Papá debe andar atareadísimo tratando de volver a casa, ya que la guerra compró todos los boletos de avión que existen. No sé por qué la abuela dijo una noche que mamá me había mentido: papá nunca salió de viaje, estaba muerto y mamá lo había enterrado al fondo del jardín para que nadie se enterara y la lluvia lo fuera disolviendo poco a poco. Esa noche no pude dormir; a cada rato imaginaba a papá vestido con su uniforme verde, cargando una maleta llena de alas y transformándose en árbol por efecto de la lluvia. Cómo me gustaría que alguna tarde la abuela entrara en el estudio de papá y las mariposas reventaran la vitrina, la cubrieran y se la comieran despacio hasta que no quedara nada, ni un trocito de piel o músculo o hueso, ni una hebra de pelo transparente, ni siquiera el olor a cama húmeda.

Desde que papá se fue de viaje, a mamá le ha dado por vestirse de negro y atarse el cabello en la nuca. Únicamente se lo suelta de noche, cuando Caino va a visitarla a su dormitorio y los dos se encierran ahí. Apagan la luz y no se oye nada, sólo la lluvia que azota los ventanales y el tictac del reloj del comedor y en ocasiones algunos suspiros, como si mamá llorara entre las sábanas o con la almohada en el rostro.

Caino no está con nosotros durante el día; sale temprano de casa —o de caza— y regresa hasta que el jardín se oscurece y la abuela empieza a preparar la cena. Mamá dice que Caino trabaja buscando a papá. Como es mayor ya no le afecta la guerra; se la pasa recorriendo la ciudad de lado a lado, ayudando a recoger los ojos que se desprenden del pico de los pájaros. A veces trae a casa unos sombreros de metal, redondos y muy curiosos. A veces llega con uniformes desgarrados similares al de papá, o con unos objetos manchados de lodo que él llama medallas.

Mamá dice que Caino ya es todo un hombre. A lo mejor por eso le permite fumar la misma marca de cigarros que papá, lucir los chalecos que él usaba y comportarse conmigo como padre. Cuando sea grande voy a ser igual que Caino, que puede entrar sin permiso en el estudio y ver las mariposas disecadas y dar cuerda al reloj del comedor. Creo que le pide la llave a la abuela, o quizá tiene su propia llave. Esto es lo más factible, sí, porque una vez Caino me dijo que con esa llave la abuela se siente dueña del tiempo y para qué pedírsela. Cada quien es amo y señor de su tiempo, dijo, y puede hacer con él lo que le venga en gana. El tiempo es de todos y de nadie, añadió, pero yo no entendí qué quiso decir con eso.

Una tarde en que de milagro no llovía, fui a explorar el fondo del jardín. Me puse unos pantalones cortos y, por si hallaba colores que no estuvieran en la colección, saqué la red que papá guarda en un armario; quería sorprenderlo. La hierba olía a fresco y el atardecer se estaba poniendo rojo-rojo, bellísimo, como si la sangre se le subiera a la cabeza. La abuela se había quedado dormida en su mecedora en la terraza y no se dio cuenta cuando me perdí entre los árboles y el alboroto de los pájaros. En el piso, junto a la mecedora, había un libro o una libreta en cuya portada alcancé a distinguir algo semejante a un túnel.

Caminé quién sabe cuánto tiempo y el jardín parecía no terminar nunca; la hierba crecía, se afilaba, mudaba del verde al amarillo. Papá tenía razón: al fondo del jardín el aire hervía de mariposas. Algunas aterrizaban en mi pelo y en mis hombros, otras permanecían inmóviles en la palma de mis manos como mamá frente a su ventana, otras intentaban escurrírseme entre los labios pero me las sacudía con la lengua; lo malo era que casi todas ya estaban disecadas en el estudio. Por fin descubrí una que jamás había visto: era como un arcoíris con alas. Corrí tras ella hasta que la hierba empequeñeció de nuevo. De repente, sin ningún aviso, brotó ante mí la casa de muñecas de la que papá me había hablado tanto. La mariposa se coló al interior por una ventana abierta. La casa se veía tan triste así, olvidada en el jardín con las paredes llenas de dibujos que carecían de sentido, el techo rojo agujereado por la lluvia, puertas y ventanas pintadas de un color viejo que me recordó la piel de la abuela.

Entré en la casa porque me moría de ganas de ver si aún quedaba alguno de los vestidos con que mamá se había disfrazado de reina de su propio hogar, de su propio edén como decía papá, pero en vano: sólo había plumas y estiércol seco de pájaro y un hedor a abuela por todas partes. Busqué mi mariposa en cada habitación. Por fin la encontré en un dormitorio, pegada al tapiz de muñecas. Casi grito al darme cuenta de que en el piso estaba un hombre con un uniforme verde idéntico al de papá, un sombrero redondo como los que Caino lleva a casa, y a su lado un rifle parecido a los de mis juguetes pero mucho, muchísimo más grande.

El hombre no se movió cuando le pregunté si se sentía bien o tenía hambre –estaba demasiado flaco–, ni aun cuando me acerqué y le quité el sombrero para probármelo. Sus ojos eran más azules que los de papá, estaban muy abiertos pero no me veían, sólo les interesaba estar abiertos al igual que la boca. Un hilo rojo salía de los labios del hombre y le bajaba hasta el cuello del uniforme. Seguramente había querido comerse la tarde, se había llenado hasta reventar y ese hilo era un filamento de atardecer que no le cupo en el estómago.

El hombre se veía tan pálido y asustado que decidí devolverle su sombrero. Pobre, debía estar cansadísimo, preferible dejarlo dormir con los ojos abiertos. Estaba a punto de abandonar el cuarto cuando mi mariposa se despegó de la pared y voló hasta la boca del hombre, extendió las alas y se quedó quieta, entibiándose. La dejé porque me gustó la boca así, pintada de cólores. Además, ¿qué tal si el hombre despertaba con un hambre feroz y para aplacarla no hallaba ni siquiera una mariposa?

Nunca contaré a nadie que esa misma tarde, al salir de la casa de muñecas, me extravié en el jardín y localicé por accidente los columpios a los que se refería papá. Me escondí entre la hierba porque allí estaban Caino y mamá, mordiéndose los labios y jugando al doctor; me dio la impresión de que cargaban el peso del sol en la espalda. Mamá se veía radiante con el pelo suelto, los hombros desnudos, el vestido a medio desabotonar. Su piel brillaba entre la nube de pájaros que flotaba junto a los columpios; sus suspiros eran largos, interminables como el jardín. Su rostro lucía igual que en las fotografías que le habían tomado años atrás, cuando ella y papá acababan de casarse. Caino siempre consigue que mamá se sienta –y se vea– más joven. Creo que el truco está en morderle los labios, en tocarle la curva de los hombros.

En esta última semana, mamá ha estado más silenciosa y triste que de costumbre; se la pasa llorando frente a su ventana, mirando llover toda la tarde. Dice que Caino se va de viaje dentro de unos días, que ha empezado a empacar su maleta. La abuela termina de arreglarle uno de los uniformes de papá. Le pregunto si Caino va a la guerra, si la guerra tiene algo que ver con Normandía, si Normandía es el país donde nació la nostalgia; ella no me responde. La abuela me cuenta historias cada vez más terribles en las que hay más sombras que luz, más augurios de tormenta que cielos despejados; no logro entenderlas y me quitan el sueño. Continúa preparando té caliente para que mamá se coma las fotografías de papá antes de medianoche. Ahora, por cierto, le ha dado por comer también fotos de Caino cuando era niño: se pone en la boca un trozo de retrato y lo traga con un sorbo de té. La abuela no la deja sola un momento, le platica en italiano durante horas. Creo que mamá no la escucha.

He descubierto que me fascinan las tardes mojadas aunque apesten a abuela. Estas tardes de verano en que no para de llover y los pájaros hablan como desde el fondo de un estanque. A lo mejor me encantan porque me recuerdan a mamá llorando frente a su ventana; imagino que es ella quien llueve sobre el jardín. O quizá porque mamá ya me dijo que debo aprender a comportarme como hombrecito ahora que Caino se va y ayer comenzó a mostrarme cómo hay que acariciarle el pelo, cómo le gusta que la miren a los ojos cuando la lluvia humedece las mariposas de papá.

LOS ANIMALES INVISIBLES

> De todas las cosas que los animales
> van perdiendo a medida
> que se integran a un zoológico,
> los sonidos propios son una.
> ¿Será que ya no hay nada que avisar?
> ¿Que no hay a quién avisarle?
>
> MARÍA SONIA CRISTOFF

Clic.

Así suena mi memoria las ocasiones en que se abre para liberar el flujo de imágenes relacionadas con el domingo en que fui por última vez con mi hija al gran zoológico de la ciudad: como un tijeretazo fotográfico, como un obturador que se acciona de repente para recortar un trozo del mundo.

Ésta es una de esas ocasiones. La mezcla nocturna de vodka y un ansiolítico ha minado mi resistencia, de modo que aprovecharé la oportunidad para asomarme al día que guardo celosa, cuidadosamente bajo llave.

Los invito a ver aquel domingo de otoño como si fuera una serie de instantáneas captadas por la cámara que tiempo atrás decidí arrumbar en un cajón. Ignoro si ese cajón está en mi cabeza o si, por el contrario, todavía ocupa un sitio específico en la realidad que debo confrontar cada mañana. Por algún motivo que se me escapa, no quiero comprobar la existencia del cajón. Quizá, pienso, se debe a que junto a la cámara descansa el oso polar de peluche del que no he querido deshacerme por ser un recordatorio de la primera infancia de mi hija, un fetiche de nuestra última expedición a ese zoológico que –aunque me niegue a admitirlo– palpita con la certeza de un corazón al fondo de mis sueños.

Clic.

Despierto inquieto, perseguido por dos frases que no alcanzo a ubicar: "¿Son gente los animales? ¿Qué porcentaje en mí es animal?"

He soñado con el zoológico, con un escenario que sé que es el zoológico, a donde se filtraba una silueta que adquiría gradualmente los contornos de mi mujer. En las manos llevaba el convenio de divorcio que ambos firmamos seis meses atrás, ante la mirada imperturbable del abogado contratado por ella, en una oficina donde cada superficie destellaba disfrazando una penumbra que luchaba por salir para conquistarlo todo. Esa penumbra no era sino la proyección de mis emociones, y con el paso lento pero seguro de los días crecería hasta convertirse en mi acompañante más fiel para disolverse después en la bruma de la rutina.

En el sueño mi mujer entregaba los papeles de divorcio a un guardia con uniforme caqui –similar, ya que lo medito, al de los soldados pertenecientes a la Legión Extranjera–, el cual daba media vuelta y se esfumaba en un sosiego rasgado de pronto por el eco de unos rugidos distantes. "Osos", decía mi mujer con la vista puesta en lontananza, "se han ausentado los osos. Han ido en busca de comida porque no los alimentamos, sino que nos alimentamos de ellos". Y con esto echaba a andar hacia un laberinto de jaulas vacías tras el que se alzaba un enjambre de edificios, las ruinas acristaladas de un planeta deshabitado.

Sin levantarme aún, golpeo con fuerza la pared detrás de la cama. Me estoy examinando los nudillos enrojecidos cuando mi hija de cuatro años irrumpe en el dormitorio y de un salto se acuesta junto a mí. Su sonrisa se suma al fulgor dominical que entra por las cortinas con la cautela del lince que intuye la trampa donde está a punto de caer.

–¿Verdad que hoy sí vamos al zoológico? –pregunta, y sus palabras cuelgan en el aire como partículas de sol.

Le acaricio el pelo, luchando contra el nudo de temor que me obstruye las cuerdas vocales. ¿Zoológico? ¿Por qué el zoológico? ¿Pueden acceder los hijos a los sueños de sus padres a través de una puerta vedada al entendimiento adulto?

–Tengo una gran idea –digo con un carraspeo–. Te invito al cine.

La expresión de mi hija se ensombrece, una parvada súbita alterando la luminosidad de una planicie en un continente inexplorado.

—Hace mucho que no vamos —continúo en un tono que pretende ser conciliador—. Antes te gustaban las películas, ¿a poco ya no te gustan?

—No sé —dice ella apartándose—. También hace mucho que no vamos al zoológico. El otro día prometiste que me comprarías un oso polar. Como el que se me perdió cuando mamá y yo nos fuimos a la otra casa.

La atraigo hacia mí y le doy un beso en la mejilla donde un reguero de pecas traza el mapa de una constelación sin nombre. La imagen de mi mujer revolotea unos segundos en la habitación, pero la alejo con un manotazo mental.

—Te propongo algo —digo—. Vamos a desayunar *hot cakes* y luego al parque. Ahí te puedes subir a los juegos que quieras cuantas veces quieras. Hasta podemos comprar un globo y un algodón de azúcar. ¿De acuerdo?

—¿Y luego del parque podemos ir al zoológico? —a la voz de mi hija se cuela una nota de esperanza.

—Ya veremos —digo, cerrando los ojos—, ya veremos.

—¡Yupi! —grita ella, y comienza a brincar sobre la cama.

Clic.

Bajo el chorro de la regadera, envuelto en una nube de vapor, recibo otra vez la visita de mi mujer. La enfrento sin parpadear, mientras escucho el rumor del programa infantil que viene de mi dormitorio. Alargo una mano para tocarla y en la yema de los dedos creo sentir una piel húmeda, el filo de una cabellera con restos de shampoo, antes de que un aguijonazo de dolor acabe con el ensueño. Me miro la mano y advierto huellas de sangre seca en los nudillos.

¿Son gente los animales?, pienso al frotarme la herida. ¿Qué porcentaje en mí es animal?

"Han ido en busca de comida porque no los alimentamos", dice mi mujer, "sino que nos alimentamos de ellos".

El fragor del agua se diluye despacio en un rugido remoto.

Clic.

—¡Hola, amiga! —dice el payaso— ¿Cómo te llamas?

Mi hija se refugia tras mi silla, haciéndome sonreír con torpeza.

—Te hablan —digo—, no seas grosera.

—Me da miedo —dice ella, el rostro hundido en el respaldo.

—¿Miedo de qué? —dice el payaso—, ¡si somos amigos! Y los amigos no nos tenemos miedo porque estamos en lo mismo, ¿verdad, joven?

El murmullo del restaurante decae, como si de repente se precipitara a una fosa, y regresa con renovada suavidad.

—Claro que sí —digo, abrazando a mi hija.

—¡Eso es todo! —dice el payaso con una carcajada mecánica.

—Me da miedo —repite mi hija, y dirige la vista a su plato de *hot cakes.*

—No seas tonta —digo—, acuérdate que has ido a fiestas con payasos.

—Sí —dice ella—, pero éste me asusta.

—¿Y por qué? —dice el payaso—, ¡si ya te dije que somos amigos!

—No sé —dice mi hija—, porque es un intruso. Viene de otro lado.

—¿De otro lado? —la sonrisa del payaso se ensancha hasta imitar una cicatriz enorme—. ¡Ésos son los animales! Vienen de otro lado para que los alimentemos, y como no lo hacemos se van a buscar comida. ¡Así que acábate tus *hot cakes* antes de que lleguen aquí!

—¿Qué? —digo, sintiendo una punzada en las sienes.

—A ver, amiga, ¿qué animal te gusta? —dice el payaso, extrayendo una bolsa con globos de distintos tamaños.

—Los osos polares —dice mi hija, separándose de la silla con un brillo en la mirada.

—¡Mis preferidos! —dice el payaso, y empieza a inflar globos.

Minutos después mi hija sostiene un oso de rasgos burdos, trazados con un veloz rotulador negro.

—Cuídalo mucho, amiga —dice el payaso, cerrando su bolsa.

—¿Cuánto es? —digo.

—¡Es un regalo, joven, no me ofenda! —dice el payaso con un guiño—. Entre amigos no nos leemos las manos, sólo nos reconocemos. ¡Adiós, amiga, que te vaya bien! Nos vemos en otro lado —y con esto se lanza a deambular entre la poca —muy poca— gente dispersa por el restaurante.

Mientras pago la cuenta, volteo hacia la mesa que recién hemos desocupado. El oso polar hecho a base de globos está en la silla donde se sentó mi hija, que parece haberlo olvidado por completo.

Una ojeada al local me confirma que el payaso se ha desvanecido como por arte de magia. Como un intruso que retorna al otro lado del que se fugó.

Clic.

Las hojas se desprenden de los árboles, transformando las avenidas del parque en alfombras vegetales que crujen bajo el peso de las pocas –muy pocas– familias que pasean con una parsimonia subacuática, en un estado próximo al sonambulismo. El silbato del tren que recorre el perímetro del lugar con pocos –muy pocos– niños a bordo se confunde con el del vendedor de globos, un hombre cuyo rostro podría ser el de cualquiera, el *flash* que ilumina la mente en cuanto alguien dice la palabra *rostro*.

Mi hija se incorpora de la banca donde ha estado vistiendo y desvistiendo a la muñeca de plástico que ganó jugando en los tableros de canicas, voltea hacia mí y señala al vendedor de globos con una sonrisa que despeja la penumbra similar a una telaraña que las ramas arrojan sobre sus facciones. Vista así, a cierta distancia, parece un ser que hubiera llegado de una galaxia no detectada por los telescopios para sorprender a los terrícolas con su bello cráneo de lumbre.

El vendedor ha notado el ademán de mi hija y se detiene bruscamente al centro de la avenida por la que deambula, un personaje que se sabe anómalo sin la algarabía infantil que acostumbra desatar su comparecencia. El racimo de globos que trae en la mano hace pensar en esferas de acero que desafían la ley de la gravedad, o mejor, que responden a un influjo gravitacional extraño, de otra índole.

Me coloco la muñeca de plástico bajo el brazo, meto en su estuche la cámara que suelo llevar en nuestras excursiones dominicales y camino hacia mi hija, que se acerca con rapidez al vendedor. Algo en la silueta del hombre, algo en el modo en que su sombra se combina con la de los árboles hasta volverse indiscernible, me provoca un acceso de pánico que controlo aspirando una bocanada de aire. Como si el hombre careciera de sombra, me digo, como si su sombra pudiera mimetizarse con la de los demás para no dejar rastro sobre la tierra. Como si se tratara de una presencia intrusa.

Mi hija indica un globo plateado en el que ha sido estampada la caricatura de un oso polar.

—¿Cómo te llamas, amiga? —le pregunta el vendedor al extenderle el globo.

Mi hija titubea pero contesta. Se queda absorta unos segundos y al fin añade con timidez:

—Dice mi papá que quiere decir "lánguida". No sé qué significa eso.

—Bonito nombre —dice el vendedor—, como de una princesa.

—¿Cuánto es? —interrumpo, sacando unas monedas del bolsillo.

El vendedor me mira o al menos aparenta mirarme. Visto así, contra el sol matutino que incendia el agua de la fuente al fondo de la avenida, no es más que una entidad difusa, un manchón con un ramillete de esferas de brillo metálico en las que gesticulan —apenas lo advierto— diversos representantes del reino animal: todo un zoológico inflable.

—Es un regalo —dice el vendedor, y su voz remite a un latido eléctrico—, como los animales. Algo inesperado. No sabemos de dónde vienen ni a dónde van, pero están entre nosotros y hay que alimentarlos. Hagámoslo antes de que alguien les diga dónde está la verdadera comida que buscan. Antes de que se nos vayan de las manos y localicen los depósitos.

Estoy a punto de replicar cuando mi hija me distrae jalándome del pantalón: quiere que le ate las agujetas de los tenis, azules como el cielo de otoño que se curva majestuosamente sobre el parque. Al enderezarme, busco al vendedor sólo para descubrir que se ha desplazado varios metros en un santiamén; ahora se halla junto a la fuente, una opaca figura que hace sonar su silbato en un lienzo de luz. ¿O acaso es el silbato del tren, el quejido de un animal que no encuentra el sendero de regreso a su lugar de origen?

—¡Carrusel! —grita mi hija, y echa a correr por la avenida sembrada de hojas secas.

Al entrar por segunda vez en la explanada donde se distribuyen los juegos infantiles veo cómo mi hija tropieza y, en su intento por mantener el equilibrio, deja escapar el globo que comienza a subir impulsado por el viento: un leucocito reintegrándose al torrente sanguíneo del domingo, imantado por la única nube que atraviesa la bóveda celeste. Inmaculada, de orillas deslumbrantes, esa nube me recuerda un algodón que alguien hubiera decidido librar de una cirugía aparatosa; el mismo alguien que junto a la nube ha plantado una luna casi llena que brilla con vacilación, una forastera nocturna en las provincias del día. Otra presencia intrusa.

Ese alguien ha dicho a los animales dónde está la verdadera comida que buscan, pienso, y consuelo a mi hija que llora abrazada a su muñeca semidesnuda como si fuera el último salvavidas restante en un barco que naufraga en altamar. Ambos observamos el globo que se pierde lentamente en el espacio.

—Se han ausentado los osos —digo, y me arrepiento en cuanto la frase abandona mi boca.

—¿Ahora sí podemos ir al zoológico? —dice mi hija, la muñeca meciéndose entre sus dedos.

Mi gesto de asentimiento esconde un escalofrío.

Clic.

Mi hija y yo acabamos de cruzar el portón de hierro forjado que da acceso a la calzada que conduce al zoológico, parte de los dominios del bosque cuyo esplendor centenario se conserva intacto pese a los embates de una urbanización que lo ha rodeado de edificios corporativos, hoteles de lujo y oficinas bancarias y bursátiles. La brisa que sopla desde el lago ubicado en su núcleo, donde las familias suelen reunirse para remar en lanchas de fibra de vidrio, mece la fronda de los eucaliptos y desencadena una lluvia de hojas a las que el sol de mediodía concede un lustre agudo, como de dagas afiladas en una piedra secreta.

Junto al portón de entrada, sentado a una mesa protegida por una sombrilla, hay un anciano que alquila carriolas por hora. En cuanto lo ve, mi hija rompe el silencio enfurruñado que ha mantenido desde que bajamos del taxi —su muñeca de plástico quedó olvidada en el asiento trasero— para comentar que está cansada y no quiere caminar.

—¿No crees que ya estás grandecita para andar en carriola? —digo.

El anciano entorna los ojos como si se alistara para un eclipse.

—Es que casi no dormí —contesta mi hija, forzando un bostezo.

—¿Ah, no? ¿Y por qué? —pregunto.

—No sé —dice ella—. Tuve sueños feos. Había intrusos.

—¿Y por qué no me lo contaste? —replico—. ¿Por qué no fuiste a dormir conmigo? Ya sabes que no me molesta.

Mi hija se encoge de hombros.

—No sé —dice—, extrañaba a mamá. Me puse a pensar en la casa donde vivimos ella, tú y yo —su voz es una rama a punto de quebrarse—. ¿Por qué ya no están juntos? ¿Por qué ella no puede venir al zoológico con nosotros?

Me tallo la cara y reprimo la impotencia que me hierve en el pecho.

—No sea malo, jefe —interviene el anciano, los ojos aún entornados—. Hay que consentir a los hijos, no estarán siempre con nosotros. Se alejan en menos de lo que canta un gallo.

Mi hija comienza a bostezar de nuevo cuando algo la interrumpe: la sombra de un gigante que se ha acercado imperceptiblemente para cubrirla de la cabeza a los pies. Tardo algunos segundos en reconocer el disfraz: es Barney, uno de los personajes favoritos de mi hija. El atuendo se nota raído y tiene manchas que deben ser de melaza pero, por alguna razón, me hacen pensar en sangre. ¿Qué está pasando?, me digo, y al mareo que me asalta se suma la figura del dinosaurio morado al inclinarse sobre un pequeño cuerpo inmóvil. El cadáver de un niño o una niña.

—¡Hola, amiga! –dice Barney con una voz asexual–. ¿Cómo te llamas?

—¿Entonces qué, jefe? –dice el anciano, mostrando una sonrisa en la que faltan varios dientes–. ¿Va a pasear a la niña antes de que se la coma el dinosaurio? Se ve que tiene hambre.

—De acuerdo –digo, masajeándome la frente mientras observo de reojo a mi hija, que responde las preguntas de Barney con frases lacónicas.

—Necesito una identificación –dice el anciano.

Se la entrego. El anciano garabatea mis datos seguidos de fecha y hora en una papeleta que arranca de un bloc grasiento.

—Aquí tiene –dice–, le doy su credencial cuando me traiga la carriola. Es la uno, el número de la buena suerte. Son los primeros clientes. Qué curioso, no me había topado con alguien que se llamara como usted. ¿Y su niña cómo se llama?

—¿Nos vamos? –digo, guardando la papeleta y girando hacia mi hija.

—¡Adiós, amiga, que te vaya bien! –dice Barney, agitando un brazo–. ¡Ojalá nos encontremos en una de las pirámides egipcias que te gustan!

Una vez con mi hija a bordo, empiezo a empujar la carriola por la calzada flanqueada por quioscos de comida rápida y *souvenirs*. Recuerdos de este mundo que uno nunca acaba de conocer, pienso sin saber por qué, y miro hacia atrás. La imagen del anciano y el dinosaurio engarzados en una conversación bajo el sol otoñal y el revoloteo de las hojas de los eucaliptos me hace caer en la cuenta de lo desolado que luce el bosque para ser domingo.

Clic.

Impulsado por un timbre de alarma que reverbera en los pasillos de mi cerebro, abro los ojos de golpe. Compruebo que la carriola continúa a mi lado, resguardando de la luz a mi hija sumida aún en el sueño que la reclamó sigilosamente mientras recorríamos el área del desierto, el primero de los siete biomas representados en el zoológico. El timbre se reduce a una suerte de rugido que zumbará el resto del día en los confines de mi interior.

Me desperezo, la boca seca como un pastizal expuesto a las inclemencias del verano. He dormitado media hora en la banca donde decidí sentarme a esperar que mi hija despertara para retomar el paseo. Doy un trago a la botella de agua que compré a la entrada del zoológico y, movido por un resorte, extraigo el celular de un bolsillo de la chaqueta. Advierto que la alarma no era más que el timbre del teléfono: tengo una llamada perdida. Mi mujer. Ex mujer, me corrijo de inmediato, hay que acostumbrarse a la sintaxis de la vida que sigue su cauce inevitable.

—¿Por qué no contestabas? —la voz de ella suena vacía, una madriguera al cabo del invierno.

—Colgaste muy rápido —digo—. No alcancé…

—En fin, qué importa —ataja ella—. ¿Cómo va todo?

—Pues bien, igual que siempre.

—¿Igual que siempre? —la carcajada de ella es un chasquido al fondo de la madriguera—. Si todo fuera bien no estaríamos donde estamos, tú con la niña y yo lidiando con…

La comunicación se corta abruptamente, segada por la sombra que cae sobre la banca para luego deslizarse por el pavimento, enorme y veloz, hasta diluirse en la distancia entre las cúpulas del aviario. Un pájaro, pienso, alzando la mirada hacia el cielo impasible. Pero no, los pájaros no son tan grandes, en todo caso una bandada de murciélagos, una asamblea de colmillos ansiosos que buscan —sí— su verdadera comida.

El celular cruje unos momentos, captando una voz lejana que recita nombres de animales —el antílope, el león, el ocelote—, y entonces la conexión se restablece.

—...para que me entiendas —continúa ella.

—¿Qué? —dejo de otear las cúpulas del aviario, semejantes a los despojos de una civilización alada que se hubiera extinguido tiempo atrás.

—Ay, olvídalo —dice ella, enfadada—. No sé para qué me esfuerzo. Si cuando vivíamos juntos era difícil hablar contigo... Qué más da.

—Me interesa lo que dices pero no te pude oír...

—Antes no me oías, dudo que hoy vayas a hacerlo —ella resopla—. En fin, sólo llamé para ver cómo estaba la niña. ¿Me la pasas?

—Se quedó dormida —observo la carriola.

—¿Y eso? ¿Pues dónde están?

—En el zoológico, hace meses que no veníamos. Además prometí comprarle un oso polar como el que perdió cuando... En la mudanza. ¿Te acuerdas del oso?

—Quién sabe dónde lo dejó. A lo mejor... —ella se interrumpe para recuperar el tono hueco del principio—. ¿Así que no la vas a llevar al Museo del Niño?

—No sé —carraspeo—. Ya fuimos al parque y ahora estamos aquí.

—La ves día y medio a la semana —dice ella—, ¿no puedes consentirla? ¿Hace cuánto que le dijiste que irían al museo? No creo que te cueste mucho trabajo.

—No se trata de eso. Caray, qué falta de comprensión. Ella fue la que quiso venir al zoológico, yo no… Tuve un sueño que me…

—Ay, pobre, ¿otro de tus sueñitos? —ella ríe—. La que merece comprensión es la niña, tú ya eres un adulto.

—Se está despertando, te hablo en cuanto pueda —con esto corto la llamada y, después de rumiarlo un instante, apago el teléfono.

Mi hija se agita en la carriola, suelta un suspiro y se reinstala en el sueño. Sus facciones se oscurecen fugazmente, surcadas por una nube desprendida de algún paraje mental.

La contemplo. ¿Qué estará viendo?, me pregunto, e imagino un sitio remoto donde confluyen payasos y dinosaurios morados y aves —cientos, miles de aves— que sobrevuelan montañas y planicies. Imagino una estepa helada por la que se arrastra algo similar a un oso inmaculado y entonces volteo de nuevo hacia arriba, únicamente para toparme con la más pura indiferencia azul. La nube solitaria que hace unas horas flotaba encima del parque, y que en efecto —recién me percato— tenía la forma de un oso, se ha ausentado de la bóveda celeste para bogar por los sueños de mi hija.

El cielo protector, pienso con un estremecimiento. A saber de qué diablos nos protegerá. O de qué intrusos.

Clic.

—Ya no quiero —dice mi hija, apartando el último *nugget* de pollo y la bolsa de papas fritas a la mitad.

—¿No tenías hambre? —digo, masticando mi hamburguesa.

—Me llené —mi hija empieza a chuparse el pulgar derecho, un gesto que denota su inconformidad con el mundo.

Estamos en una de las tres áreas de comida del zoológico. Aunque es la más espaciosa, son pocas —muy pocas— las mesas de plástico ocupadas por familias o parejas de jóvenes consagradas al ocio dominical. Una de estas parejas —él tiene a lo sumo diecinueve años, ella no rebasa los diecisiete— se halla abstraída en un beso húmedo y dilatado que los demás ignoran o fingen ignorar. Incómodo, advierto que la chica no trae sostén; sus pezones despuntan en la tela de la blusa con entera libertad, como dos caracoles. Cuando el chico le desliza una mano por debajo de la minifalda y ella responde abriendo ligeramente las piernas, alejo la mirada y para distraerme me pregunto por enésima vez si la ostensible falta de gente se debe a un acontecimiento deportivo que, en mi absoluto desinterés por esta clase de eventos, he pasado por alto. ¿Quizá el inicio de alguna olimpiada, la final de uno de esos campeonatos de futbol que al parecer siempre se están jugando en los rincones más insólitos del planeta? Pero no, el hecho es que es un domingo común y corriente y el zoológico está casi vacío y la mano del joven ha levantado unos centímetros la blusa de la chica, descubriendo un ombligo en el que brilla una estrella polar.

—¿Helado? —digo, y mi voz se oye cavernosa entre los murmullos del local—. ¿Quieres un helado?

—No —mascula mi hija.

—De acuerdo, pero no te chupes el dedo. Ya sabes lo que dice mamá.

Ella obedece y dirige la vista al suelo.

—Mamá dice que no vives con nosotras porque eres egoísta —susurra—. Que no te gusta ser papá y por eso te fuiste.

Bebo un sorbo de agua.

—¿Qué sucede? —digo—. ¿No querías venir al zoológico para estar con los animales?

—¿Cuáles? —mi hija me ve a los ojos—. Están dormidos o se fueron a otro lado. O un intruso se los robó.

Tiene razón, pienso mientras mi hija recuesta la cabeza sobre la mesa y se vuelve a chupar el dedo con una fruición que me desanima. Hemos recorrido seis de los siete biomas —el aviario, el desierto, la franja costera, los pastizales, el bosque templado y el tropical— y en todos se ha repetido el mismo espectáculo, la misma ausencia que desataba una risa nerviosa entre los escasos visitantes. Ante la meseta dominada normalmente por tres elefantes asiáticos, atravesada por un par de canales y rematada por un embalse junto al que había un cobertizo, un bebé a bordo de una carriola similar a la de mi hija rompió a llorar como si lo amedrentara el hueco dejado por los paquidermos. En el herpetario se produjo una discusión entre marido y mujer sobre lo absurdo que era desperdiciar el día de convivencia familiar en una cita con serpientes enfermas. ("Para eso", dijo la mujer, "hubiéramos ido al hospital donde las internaron". "No seas estúpida", replicó el marido, "si una serpiente se indigesta no va a un hospital".) En las jaulas de los monos, cuerdas y lianas se balanceaban a la espera de manos que no fueran las de los gemelos que daban golpecitos en el cristal con una añoranza imbatible. Los tubos multicolores donde el panda gigante solía hacer cabriolas lucían tan desamparados, tan fuera de lugar, que mi hija me preguntó por qué los dueños del zoológico no se los llevaban mejor a un parque. En las cúpulas del aviario, entre los árboles acuchillados por una luminiscencia que pertenecía a una jungla no precisamente urbana, ondeaban plumas que obligaban a pensar en una huida impetuosa y reciente. Las huellas de cebras, impalas y jirafas acrecentaban la pesadumbre causada por la desaparición de los mamíferos que las habían impreso en el polvo bruñido por el sol. En el estanque de los hipopótamos, una ristra de burbujas subía a la superficie en forma incesante, anunciando una presencia que no se materializaba y que por algún motivo relacioné con bestias prehistóricas. Avestruces y bisontes, canguros y lobos, camellos y nutrias, no eran más que inútiles referencias en las cédulas repartidas en los distintos hábitats: "El lince rojo o gato montés (*Lynx rufus*) es un felino de tamaño mediano, emparentado con el lince ibérico, el europeo y el canadiense. Se distribuye en Norteamérica, en un amplio rango que va desde el sur de Canadá hasta México, y desde la costa Atlántica hasta la Pacífica en Estados Unidos". Frente a la guarida del tigre de Bengala, una niña llegó al extremo de arrojar un sándwich a la vegetación que permaneció inalterable, sacudida apenas por la brisa que no suavizó la reprimenda del guardia nacido de la nada con todo y uniforme caqui —justo, me dije, el matiz de la nada— al que me acerqué para averiguar qué ocurría con los animales.

—A veces se esconden —dijo el guardia, forzando una sonrisa—. Pero no se preocupe, pronto saldrán.

—Eso es ridículo —espeté—. ¿Por qué no avisan al público si el zoológico está en mantenimiento?

—Ya le dije que no hay problema —la expresión del guardia se tensó—. Los animales también se hartan de la gente, igual que uno —y con esto echó a andar hacia la silenciosa cueva del leopardo o las profundidades del sueño del que había surgido.

—Quiero ir a otro zoológico —dice mi hija, sacándose el dedo de la boca, y en su voz hay una tristeza equiparable a la del agua inmóvil donde deberían nadar los cocodrilos.

Renuncio a mi hamburguesa.

—Hagamos algo —digo—. Vamos con el oso polar y luego a la tienda para escoger tu juguete y salimos de aquí. ¿Te acuerdas del oso? ¿Tu favorito?

—No va a estar —dice mi hija—, se fue con los otros.

—Pues si no está, nos vamos, ¿de acuerdo?

—¿A otro zoológico?

—Los otros dos están muy lejos, chiquita. ¿Por qué no vamos al cine? Se estrenó una de las películas que te gustan.

—Pues bueno —dice mi hija—. Lo que no me gusta es que se hayan ido todos los animales. ¿A dónde van cuando no están en sus casas?

—No lo sé —digo, tragando saliva—. No lo sé.

Mientras me deshago de los restos de comida, pienso en las fotografías que he tomado durante la excursión: imágenes que constatan lo ominoso que resulta un zoológico sin sus residentes, pruebas de invisibilidad que examinaré en los meses venideros para certificar la existencia de aquel domingo que preferiría no haber vivido. Al marcharnos del local, volteo hacia la mesa donde la pareja de jóvenes se besaba. El muchacho se ha esfumado pero queda la chica, que me observa fijamente y entreabre los labios para agitar una lengua de reptil en la que relumbra un *piercing*.

¿Son gente los animales?, recuerdo. ¿Qué porcentaje en mí es animal?

Clic.

Mi hija y yo estamos solos en el área de la tundra, bañados por un sol que más que entibiar enfría la piel, como si sus rayos se originaran en otro universo.

No hay señal del lobo marino de California ni del pingüino de Humboldt, mucho menos del oso polar; rodeado de facsímiles rocosos, el estanque del bioma ofrece una quietud cegadora, rizada levemente por la brisa. En el aire flota un olor a excrementos que acentúa la sensación de éxodo al grado de convertirla en algo casi tangible, una figura que ronda el perímetro de la percepción.

—¿Ya nos vamos a otro lado? ¿Como los animales? —dice mi hija.

—Una última oportunidad —digo sin ocultar mi estupor—. No es posible que todos se hayan escondido. ¿Qué tal si el oso está nadando abajo? ¿No quieres verlo?

Como respuesta, mi hija se hunde en una nueva mudez que mantiene mientras empujo la carriola por la rampa que conduce a un pasaje subterráneo.

En la semipenumbra, el acuario desierto fosforece como un fogón azul. O no, me corrijo, más bien como un televisor que emitiera un programa científico sobre el calentamiento global, con cámaras que captan la dramática caída de los glaciares al océano, toda una épica de hielo signada por la derrota. En el agua, estriada por la danza de la luz que proviene de la superficie del estanque, ondulan hebras desprendidas de un pelaje blanco: los únicos rastros del plantígrado que ha partido en busca de su verdadera comida, memorandos de una especie que librará su combate más cruento contra el peligro de extinción.

Se han ausentado los osos, pienso, y un temblor se pone a correr por mi espinazo.

Tomada cuando mi hija comienza a llorar, la fotografía de las hebras que algo tienen de pinceladas espermáticas aunque también de nebulosas recortadas contra un lienzo galáctico me acompañará en extensas noches de insomnio, cuando intente en vano descifrar el enigma de ese domingo. Más que una fotografía, meditaré al sintonizar un Discovery Channel usurpado por la estática, es la encarnación ideal de la ausencia: un cuadro abstracto que evoca la atmósfera de un planeta cuyos moradores se reducen a vestigios, centellas capilares en la claridad de un mediodía alienígena.

Clic.

Fiel reflejo del zoológico, la tienda de *souvenirs* está vacía.

La chica detrás del mostrador se halla de espaldas, hablando en voz baja por celular; la melena, teñida parcialmente de púrpura, le cae hasta los omóplatos. La estudio mientras mi hija vaga, los ojos hambrientos, entre los anaqueles donde se alinean baratijas y animales de peluche que parecen pulsar con una vida recóndita. Así que éste es el refugio de las bestias, el sitio elegido para aislarse de los extraños que no los alimentamos, pienso. Al descubrir que la chica ha advertido mi mirada me concentro en mi hija, que se acerca con un pequeño oso polar entre las manos.

—¿Ya viste, papá? —dice, feliz.

—¡Qué bonito! —digo— ¿Es el que te gusta?

—¡Sí! Y nunca lo voy a perder.

La chica cuelga el teléfono y sonríe, una mueca punzante. La reconozco: hace apenas un rato se besaba vorazmente con un joven en el área de comida rápida.

—¡Qué niña tan linda! —dice la chica, abriendo la caja registradora—. Tu hija, ¿verdad?

—Sí, por supuesto —devuelvo una sonrisa cautelosa.

—Sí, por supuesto —repite la chica al entregarme el cambio—. Es igual a ti, no se le va ningún detalle.

Asiento en silencio y guardo la billetera. Pese a que la diferencia de edades no es astronómica —veinte años a lo sumo—, el tuteo me provoca cierta turbación.

—¿Es todo, linda? —pregunta la chica—. ¿No quieres algo más?

Mi hija niega con la cabeza.

—¿Y qué tal el papá?

La chica me enfrenta sin parpadear, los labios entreabiertos. Sus pezones se dibujan con nitidez en la tela de la blusa, dos moluscos esmerándose por salir de su caparazón.

—¿Y qué tal tu novio? —sostengo la mirada.

—¿Cuál novio?

—Con el que comías. O al que te comías.

La chica ríe y lanza la cabeza hacia atrás, exhibiendo un cuello largo y delicado.

—No es mi novio, es un tipo —susurra, y al fondo de sus ojos vibra un fuego animal—. ¿Te gustaría ver mi tatuaje? Es la garra de un oso. Como en las pinturas rupestres. ¿Te gustan los osos? —agrega, llevándose una mano al ombligo donde cintila su estrella polar.

—¿Cobras por esto? —mi voz enronquece.

—Ay, no, es gratis… Algo inesperado —la chica se sacude el pelo—. Un regalo, pues. Pero si no te interesan los regalos, allá tú.

—¿Ya nos vamos, papá? —dice mi hija.

Domino la rabia que me hierve a la altura del esternón.

—Sí, vámonos —digo, y luego me dirijo a la chica—. Estás muy joven para andar con estos juegos, ¿no crees?

—Y tú muy solo, por eso andas espiando a todas. Se nota que no comes bien, mi amor. ¿No tienes quién te alimente?

Me quedo helado. Estoy a punto de responder cuando el teléfono de la chica empieza a sonar y ella lo contesta.

—¡Adiós, linda! —dice, y se voltea para atender la llamada.

—Oye, papá —dice mi hija, una vez fuera de la tienda—, ¿qué son las pinturas rupestres?

Aspiro una bocanada de aire fresco.

—Son pinturas que unos hombres dejaron en las cuevas hace mucho tiempo. Cuando los animales no estaban en zoológicos —digo, y a través del escaparate veo cómo la chica me contempla y mueve los dedos en una despedida que no puede borrar la imagen de una garra de oso trepando hacia el sol desde una madriguera húmeda.

Clic.

—¿Qué tal el paseo, jefe?

La voz desdentada del anciano de las carriolas suena como un disparo en la placidez de la calzada donde la mayoría de los quioscos de comida y *souvenirs* han cerrado, un gesto de abandono que se transmite no sólo al bosque sino al trozo de ciudad que se adivina tras el portón de hierro e incluso al ambiente mismo. Son las cuatro de la tarde, lo confirma mi reloj. Falta media hora para que el zoológico cese sus actividades por este día y sin embargo se respira un olor a epílogo dominical, un perfume casi nocturno que se cuela a la luz en forma de una tenuidad que desdibuja los contornos de la escasa gente empeñada en prolongar su fin de semana hasta el último momento. Aunque, ¿cuál gente?, me corrijo al comprobar que la calzada estaría desierta si no fuera por mi hija y por mí. Y el anciano, claro, que clava sus ojos en los míos como si aguardara una revelación proveniente del cielo que semeja una cúpula del aviario: tan vacío está, tan despejado y carente de vida.

—Los animales descansaban —digo para impedir que el silencio continúe con su lenta pero implacable invasión.

—¿En serio? —dice el anciano— ¡Qué curioso! ¡Siempre están dando guerra!

—Se fueron a otro lado —interviene mi hija, y salta de la carriola abrazada a su oso de peluche—. ¿Verdad, papá?

—Temo que sí —digo—. Lo que no me explico es por qué no avisan al público.

—Ya sabe cómo es esto —dice el anciano—. Lo que le importa al gobierno es sacarnos dinero.

—¿Dónde está Barney? —dice mi hija, oteando la calzada con una mezcla de asombro y decepción.

—Creo que también se fue a otro lado, bonita —dice el anciano, y en su sonrisa hay una decrepitud que me repugna—. Debe trabajar para sobrevivir. ¿No sabes lo duro que la han pasado los dinosaurios?

—¿Cuánto va a ser? —pregunto palpándome el bolsillo derecho del pantalón.

El anciano me lanza una mirada en la que logro distinguir un burbujeo similar al que perturbaba el estanque de los hipopótamos. Allá abajo, en lo más hondo, acecha una presencia difusa: el animal que todos traemos dentro. El intruso que nos habita.

—Por esta vez, tómelo como un regalo —dice—. Fueron mis primeros clientes, y además tiene una niña muy válida que acepta hablar con los dinosaurios. Eso no se ve todos los días —y con esto dirige un guiño a mi hija.

—Valiente —digo, luchando por reprimir la furia en que se ha convertido mi desconcierto—. Tengo una niña valiente, no válida. Y ya no más regalos. Odio los regalos de desconocidos. Dígame —a mis palabras se filtra un timbre de amenaza que me sorprende— cuánto le debo por la carriola.

El anciano entorna los ojos: en esta ocasión el eclipse emana abiertamente de su interior. El burbujeo en su mirada se acelera, señalando el ascenso de una mole que se despabila luego de una hibernación forzosa.

—¿Hay algún problema? —dice, y las sílabas se escurren como larvas entre los huecos de su dentadura—. Si no le interesan los regalos, allá usted. Pero piense en la niña. ¿Qué va a decir la mamá si se entera que usted armó escándalo por un regalo?

—Papi —el temblor en la voz de mi hija frena mi respuesta—, me quiero ir. ¿Ya nos vamos?

Inhalo profundamente: uno, dos, tres. Exhalo: cuatro, cinco, seis.

—Sí —digo, y el nudo en mi garganta comienza a aflojarse—. Vámonos.

Hemos avanzado unos pasos cuando el grito del anciano estalla a nuestras espaldas.

—¡Adiós, bonita! —dice—. ¡La próxima vez que vengas no traigas a tu papá! ¡Los animales se escondieron porque no les gustan los peregrinos gruñones!

Volteo para contestarle pero me contengo. Vista así, nimbada por el fulgor que se derrama de los árboles como un alud de hojas filosas, su silueta remite a uno de los pájaros que dejaron un *ballet* de plumas en prenda de su existencia. En efecto, cavilo al tomar la mano de mi hija y reemprender la caminata, los animales son gente o al menos se disfrazan de nosotros cuando no desean encararnos.

Mientras mi hija y yo esperamos junto al portón de hierro, a orillas de la enorme avenida despoblada que reverbera como un espejismo rayado de sombras en las que se detecta un estiramiento prematuro, trato de localizar nuevamente al anciano. Se ha desvanecido. Las carriolas alineadas bajo el sol plateado de otoño me hacen pensar en vehículos para enanos valetudinarios que hubieran decidido visitar el zoológico, guiados por un guardia de uniforme caqui que los repartirá en los distintos biomas para llenar los vacíos donde el atardecer empieza a perder la batalla contra la oscuridad. Demasiadas películas siniestras, me digo, y observo a mi hija que blande su oso polar para llamar la atención del automóvil que se acerca desde una distancia al parecer inconmensurable.

Me doy cuenta hasta que extraigo la billetera frente al centro comercial donde descendemos del taxi: el anciano se ha quedado con mi identificación. La imagino flotando en el acuario fosforescente, girando con calma entre las hebras de pelo que relampaguean como polvo cósmico en una noche que apenas ha iniciado.

Mi identidad, pienso, el porcentaje animal que me corresponde. Nuestros nombres son bestias en miniatura que nos esforzamos por domar.

Clic.

El dolor de cabeza que me asaltó al subir al taxi, y que se agudizó mientras aguardábamos a que arrancara nuestra función en el vestíbulo solitario de los cines, se reduce a un martilleo que me hunde en un sopor del que emerjo a intervalos regulares para constatar que mi hija sigue en el asiento de al lado, acunando su oso de peluche en la penumbra hendida por la bayoneta luminosa de la proyección. En la pantalla, los animales fugados del zoológico de Nueva York han recalado en la selva de Madagascar por los caprichos de una trama que se me va como arena entre los dedos. ¿Cuándo y cómo se produjo la huida? ¿Por qué el destino final es la isla africana? ¿Qué rol desempeña el lémur engarzado en un parloteo neurótico? Ajena a mi confusión, mi hija ríe y mastica los dulces en forma de oso –la infancia, se sabe, es una edad hecha de zonas monotemáticas– que desistí de comer porque su consistencia me recordó la carne correosa que alguna vez me vendieron en el supermercado.

Al cabo de varios intentos, renuncio definitivamente a concentrarme en la historia de los prófugos neoyorquinos. Desafiando los murmullos de reproche de mi hija, que revela su filón de pequeña dictadora cuando hay cine de por medio, saco la cámara digital de su estuche y me dedico a revisar las fotografías de la jornada. Mi jaqueca vuelve a la carga con renovados bríos conforme las imágenes del zoológico desierto transitan frente a mí, sumiéndome en un *déjà vu* del que no consigo zafarme con facilidad: cúpulas y jaulas inmersas en un resplandor que no pertenece a la ciudad y quizá ni siquiera a esta dimensión, una meseta cuyo desamparo es acentuado por las construcciones de cristal que destellan tibiamente al fondo, las aguas irisadas de un estanque donde se alcanza a reflejar una figura imprecisa, un canal al que las serpientes han legado un reguero de escamas, una cueva bostezando como el hocico de una criatura que se hubiera mimetizado con la vegetación que la rodea. Al toparme con el acuario surcado por los jirones de pelo me detengo: algo en esa foto condensa el misterioso vigor de la invisibilidad de una manera que me estremece y no atino a poner en palabras, algo que podría ser una vibración semejante a la que advierto en un bolsillo de mi chaqueta. Aturdido, palpo el celular que juraría haber apagado después de la llamada de mi ex mujer.

Hay mensajes de texto a los que les basta una simple línea para provocar un descontrol aunado al anhelo de regresar a una época pretecnológica. Éste es uno de esos mensajes, escueto aunque con un espesor que crece exponencialmente al paso de los segundos.

"Se han ausentado los osos."

Enviado desde un teléfono que no puedo reconocer y al que me comunico de inmediato pese a las nuevas protestas de mi hija.

Mientras el timbre suena en una lejanía puntuada por las pulsaciones de mi cabeza, pienso en la chica de la tienda de *souvenirs*. Pienso en el *piercing* que remataba su lengua de ofidio, en la estrella polar fulgurando en el cielo de su bajo vientre, en la garra obstinada en trepar desde la humedad de un cubil con paredes cubiertas por un vello ralo e hirsuto. Pienso en ella desnudándose en las sombras que acarician a los animales de juguete para luego echar a andar por el zoológico rendido a los encantos de la medianoche. La veo de pie ante el acuario que esparce su radiación azul, colocando una mano contra el vidrio y siguiendo la perezosa trayectoria de las centellas capilares. La veo mirarme a los ojos para decir, con el tono neutro que brota de mi celular:

—Lo sentimos, el número que usted marcó no está disponible o se encuentra fuera del área de servicio.

Y entonces, en la pantalla del cine, comienzan a correr los créditos finales de la película.

Y las lámparas se encienden para descubrir la sala donde el público nos ha dejado solos a mi hija y a mí.

Y la chica de la tienda de *souvenirs* es remplazada por una mujer que, con gestos de autómata, se deshace de su diadema de telefonista antes de arrojarse al acuario donde nadará como un delfín melancólico.

Área de servicio, pienso al guardar el celular. Qué modo tan extraño de referirse al mundo en que vivimos. Como si lo describiera un intruso.

Clic.

Luego de llevar a mi hija con su madre, que me reclama haber desconectado el celular desde mediodía —"¿y si se hubiera presentado una emergencia?"—, decido volver caminando a mi departamento para despejar las nubes que se ciernen sobre mi ánimo. La noche otoñal ha caído con todo su peso encima de la ciudad que luce anormalmente deshabitada, el set de un filme futurista al cabo de un intenso rodaje del que los técnicos se retiraron sin preocuparse por extinguir la iluminación. Junto a la torre que alberga los despachos administrativos de una importante compañía aérea, un monolito que difunde su energía a través de las pocas —muy pocas— ventanas que brillan haciéndome pensar en los oficinistas desolados de Edward Hopper, una ráfaga de aire me trae un penetrante efluvio a animales sucios y hambrientos que me obliga a apurar el paso. Los pocos —muy pocos— automóviles que se deslizan por el eje vial a mi derecha son rémoras adheridas al lomo de una bestia prehistórica dispuesta a salir de su letargo de un momento a otro, sin el menor aviso. ¿Será, me pregunto, que ya no hay nada que avisar? ¿Que no hay a quién avisarle? La penumbra de los barrios por donde deambulo oculta una respuesta que prefiero no atender.

Despierto agitado cuando aún no llega la medianoche. El televisor, como ya es costumbre, se quedó prendido, y la pantalla despliega una tundra infinita por la que se arrastra una mole en cuyo pelaje hay huecos evidentes. Tentaleo la cama hasta dar con el control remoto, apago el televisor y el silencio se agolpa en mis oídos como un enjambre de abejas entre el que empiezo a captar un rumor lejano que lentamente adquiere cercanía, una solidez ineludible: rugidos, un coro distorsionado pero nítido de rugidos. Me levanto, trastabillo hasta la ventana de mi dormitorio y aparto las cortinas para enfrentarme a una oscuridad rasgada por el parpadeo del faro que corona la torre de la compañía aérea. No hay duda: el rugido que a lo largo del día reverberó en mi interior se ha multiplicado para invadir las calles. A las simas del desvelo me escoltará la imagen de una red de avenidas bañadas por un alumbrado de sodio y conquistadas por animales, una insólita procesión nocturna liderada por un oso polar y consagrada a buscar alimento –su verdadera comida– en la ciudad que la mantuvo en cautiverio.

Tomo el teléfono inalámbrico y marco ocho números con dedos trémulos.

–¿Bueno? –dice la voz adormilada de mi ex mujer– ¿Qué pasa ahora?

–Tenías razón –digo, y contemplo los edificios que se perfilan más allá de mi ventana como enormes depósitos de manjares listos para ser devorados–. Se han ausentado los osos.

LA NIÑA Y LA SUICIDA

Una tarde especialmente soleada, mientras conduce de regreso a su departamento, Silva se descubre pensando que una de las razones por las que no ha querido mudarse de ciudad, de barrio –de perímetro, suele puntualizar–, de manzana y ni siquiera de calle es porque en ella, en su propia calle segada por un camellón sembrado de palmeras polvosas, vida y muerte coexisten día a día, codo con codo, en una inexplicable simbiosis.

Recuerda de pronto, como si hubiera sido ayer, aquella mañana cuatro años atrás en que despertó sacudido por los gritos de una mujer que se adelantaron veintidós minutos a la alarma programada a las siete cincuenta y cinco. A los gritos no tardó en unírseles una andanada de sirenas que hizo saltar en pedazos el vidrio matinal y obligó a Silva a tallarse los ojos con fuerza para primero desembarazarse de la red de un sueño que jamás pudo reconstruir y después arrancarse las sábanas, dejar la cama, dirigirse descalzo al ventanal del dormitorio y apartar las cortinas para localizar el origen del barullo.

En la acera de enfrente, al otro lado del camellón, ante el vetusto edificio de departamentos de cuatro pisos junto al que Silva había pasado en incontables ocasiones, yacía algo que de golpe evocaba un montón de ropa olvidado por alguien pero que al cabo de unos segundos se revelaba como un cuerpo y más aún, conforme se afinaba la vista todavía aturdida por los parajes del sueño, como una muchacha bocabajo vestida con camiseta y *pants* y una sola sandalia y cuya cabeza colgaba del borde de la acera, el pelo largo esparcido sobre el pavimento. La otra sandalia estaba en una mano de la responsable de los gritos: una mujer robusta, ataviada de negro —sin duda alguna la madre—, que permanecía postrada junto a la joven, llorando a voz en cuello, repitiendo una y otra vez la misma pregunta histérica.

"¿Por qué?"

"¿Por qué?"

Había tres patrullas y dos ambulancias estacionadas frente al edificio de departamentos, los motores encendidos, las luces de las torretas girando enloquecidas para teñir con ramalazos de rojo y azul el aire gris de la mañana. Había policías, peatones que aminoraban la marcha y eran desviados con diligencia, vecinos asomados a las ventanas del edificio, dos paramédicos que bajaban una camilla de una de las ambulancias y corrían hasta la muchacha para arrodillarse a su lado y examinarla mientras la madre continuaba implorando a todos y a nadie.

"¿Por qué?"

"¿Por qué?"

Había, en el cuarto piso del edificio, una ventana abierta tras la que se adivinaban unas persianas torcidas.

Un hombre sin rostro —"o cuyo rostro", se corrige Silva ahora, "podía ser el de cualquiera, la primera imagen que registra el ojo mental cuando alguien menciona la palabra *rostro*"– hablaba pausadamente por un aparato semejante a un teléfono celular, como si diera o confirmara instrucciones; portaba gafas enormes y vestía un saco de *tweed*. Un policía se acercaba a la madre, la tomaba con cautela de las axilas y hablándole al oído la hacía levantarse; los gritos se intensificaban, la mano se negaba a soltar la sandalia. Uno de los paramédicos se incorporaba, farfullaba algo a través del *walkie-talkie* y volvía a agacharse junto a su compañero; entre ambos daban vuelta a la muchacha como si se tratara de un fino objeto de cristal y la colocaban en la camilla. La madre intentaba en vano desprenderse del abrazo del policía. El cerco de curiosos era mantenido a raya por varios agentes. Una vecina asomada a una ventana del tercer piso se llevaba las manos a la boca. Los radios de las patrullas crujían en un idioma incomprensible.

"¿Por qué?"

En la acera quedaba una mancha redonda, un círculo grande y preciso en el que el rojo profundo de la sangre se alternaba con una materia más densa.

Justo cuando la joven era trasladada al interior de la primera ambulancia, seguida en todo momento por la madre –la sandalia en la mano–, otros dos paramédicos emergían del edificio de departamentos cargando una camilla con una mujer cubierta por una sábana ensangrentada, el rostro desencajado, una mascarilla de oxígeno sobre la boca. Atrás de ellos iba una mujer madura con un pequeño bulto entre los brazos, un recién nacido –la revelación llegaba como relámpago en un día lluvioso– envuelto en una cobija. Atrás de la mujer madura iba un hombre de mediana edad en bata y pantuflas, el pelo alborotado, las facciones enmascaradas por una palidez digna de un cadáver.

Mientras la primera ambulancia arrancaba y salía de cuadro, sirena a tope, el grupo integrado por los paramédicos que cargaban a la mujer con la mascarilla de oxígeno, la mujer con el bebé en brazos y el hombre en bata y pantuflas trepaba a la segunda. Se aseguraban las puertas traseras, el chofer se ponía al volante y el vehículo se disparaba en pos de su gemelo, sirena también a tope.

Quedaban los policías empeñados en dispersar a los curiosos, que después de murmurar entre sí reemprendían su ruta cotidiana. Quedaban los vecinos que, como si lo hubieran ensayado, participaban en un espectáculo de ventanas que se cerraban lentamente. Quedaba el edificio sumido en un desasosiego similar al de alguien que ha perdido ambas piernas en el frente de batalla. Quedaban los radios engarzados en su diálogo de estática y crujidos, las patrullas como naves extraterrestres que huían en tropel con las torretas girando en una esquizofrenia rojiazul. Quedaba un extraño hueco en el sitio que había ocupado el hombre con gafas enormes y saco de *tweed*.

Quedaba el círculo grande y preciso en la acera, un doblón cuyo fulgor de oro atraía la mirada de los transeúntes.

"¿Por qué?"

La alarma del despertador se activaba entonces.

Eran las siete cincuenta y cinco.

Rumbo a su departamento, intranquilo por la evocación del hombre con saco de *tweed*, Silva recuerda el silencio que se depositó igual que un inmenso domo de plástico sobre la calle, encima del orbe, luego de que las sirenas de ambulancias y patrullas se diluyeron en la sinfonía matinal.

Recuerda haber permanecido ante el ventanal de su dormitorio, hasta que vio que el conserje del edificio al otro lado del camellón salía con cubeta y escoba para limpiar la mancha de la acera y espantar a las palomas que se habían congregado para picotearla.

Recuerda haber pensado en un cuento cuyo título había olvidado y en el que aparecía una mancha análoga: un lunar rojo al centro de la plaza principal de una urbe ficticia, el único rastro de un crimen. Recuerda haber deseado citar las palabras del escritor en voz alta, de pie frente al conserje del edificio al otro lado del camellón: "En toda ciudad, si se quiere que sea perfecta, ha de existir un motivo de remordimiento y de miedo".

Recuerda el aspecto que por varios días conservó el edificio: una lápida descomunal erguida en el corazón del barrio, sí, pero también un museo en decadencia, un búnker abandonado a su suerte al fondo de un parque vienés, un maltrecho bloque de oficinas a punto de ser demolido con todas las ventanas cerradas a excepción de una en el cuarto piso.

Recuerda haberse enterado de los detalles de aquella mañana de hace cuatro años gracias a algunos vecinos con los que no solía ni suele interactuar.

La muchacha que se arrojó por la ventana de su habitación acababa de cumplir los dieciocho y vivía sola con su madre; el padre desapareció cuando ella era muy pequeña. La joven murió en la ambulancia, camino al hospital, debido a un derrame precipitado por las fracturas craneales. No recobró el conocimiento. No dejó ninguna nota, ninguna pista que aclarara su decisión. La madre se mudó dos semanas después del percance. No se supo más de ella. El departamento fue remodelado y no se rentó sino al cabo de nueve meses. Ahora lo compartían dos chicas de la misma edad que la inquilina anterior, estudiantes de fuera de la ciudad que iniciaban la carrera de psicología.

El mundo y sus dobleces irónicos.

"¿Por qué?"

La mujer con la mascarilla de oxígeno empezó el trabajo de parto a las cuatro de la mañana. La hermana mayor, enfermera en una clínica de la zona, se había quedado a dormir para apoyar a su cuñado y se encargó de atenderla. Todo fluyó sin mayores complicaciones hasta que el bebé, una niña de casi cuatro kilos, surgió en medio de una hemorragia que la enfermera no pudo controlar, por lo que de inmediato telefoneó a la clínica donde laboraba. Los paramédicos lograron frenar a tiempo la pérdida de sangre. La mujer regresó a casa a salvo, dispuesta a cuidar a su hija, a la que terminó dando el nombre de la joven defenestrada, con la que apenas había cruzado palabra.

El mundo y sus vínculos secretos.

"¿Por qué?"

La muchacha y la mujer eran vecinas, vivían separadas por una pared en el cuarto piso del edificio al otro lado del camellón.

La mancha en la acera que el conserje limpió, el rostro deformado por una expresión en la que se confundían el asco y la furia, era una mezcla de sangre, masa encefálica y dientes. Dientes, sí, aunque usted no lo crea.

"Dientes", recuerda haberse dicho Silva. "Por eso la mancha brillaba."

Recuerda haber imaginado la caída de la muchacha desde la ventana de su dormitorio: las persianas torcidas por el impulso del cuerpo resuelto a destruirse, el vuelo torpe que llama la atención de las palomas, el aire fresco aunque oloroso a humo entrando como el mar en los pulmones, la boca distendida en un aullido silencioso o a lo mejor apretada para saborear el aliento que pronto se fugará, el universo reducido a una última postal poblada de palmeras que hacen las veces de esculturas fúnebres y entonces el asfalto, la mancha en el asfalto, el pozo sin fondo que se abre en el asfalto para carcomer la madera con que se fabrican los puntales de la realidad.

Silva recuerda que nunca se le ocurrió averiguar qué había sido de la sandalia a la que se aferraba la madre vestida de luto anticipado, de la camiseta y los *pants* de la joven. O para ir más lejos, mucho más lejos, a dónde había ido a parar la sábana ensangrentada de la mujer recién parida, la cobija que envolvía con ternura a su bebé.

Recuerda que hay días en que ve a una niña de cuatro años saliendo del edificio al otro lado del camellón de la mano de su madre o su padre. A veces está triste y llora quizá porque la apartaron abruptamente de su juguete favorito, un oso polar de peluche que acostumbra traer entre los brazos; a veces está feliz y brinca y ríe, y su risa es un puñado de canicas que ruedan por el suelo y hacen tropezar a los peatones. A veces mira con interés de astrónoma a Silva, que le devuelve la mirada y recuerda haberse preguntado, en otra ocasión, si en el futuro la niña sabrá que su alumbramiento estuvo ligado por un invisible cordón umbilical al suicidio de una muchacha. "Para que alguien pueda nacer", rezaría una sentencia todavía no escrita, "alguien tiene que morir".

El mundo y sus intercambios insondables.

"¿En verdad es posible", se pregunta Silva ahora al abrir la puerta de su departamento y toparse con una penumbra de fuego, "que vida y muerte coincidan al mismo tiempo en el mismo barrio, la misma manzana, la misma calle, el mismo edificio, el mismo piso? ¿Es factible que convivan separadas por una pared que deja pasar los sonidos de un lado a otro? ¿En la vida se alcanzarán a oír, filtrados por una especie de membrana, los rumores de la muerte: susurros ininteligibles, toses que resuenan en un vasto salón, sollozos tenues, un teléfono que timbra durante un minuto hasta que se interrumpe con violencia? ¿En la muerte se captará, distante pero nítido, el fragor de la vida: aullidos de dolor o rabia, gemidos de placer, un embotellamiento o la algarabía infantil en un parque dominical, un televisor que transmite el nuevo episodio de la serie de moda?"

"¿Por qué hay una pared de por medio?"

"¿Por qué vida y muerte no pueden mirarse a los ojos?"

"¿Por qué alguien se arroja a la oscuridad para que alguien sea expulsado a la luz?"

"¿Por qué?"

"Porque yo estoy viva y ustedes, todos ustedes", reflexiona o rememora Silva, "están muertos".

"Porque yo soy la mancha en el asfalto, la causa de miedo y remordimiento que debe existir para que una ciudad sea perfecta, y ustedes son sólo la escoba, el agua y el jabón que se obstinan en borrarla."

"Porque soy parte fundamental del perímetro en el que ustedes, ciegos, sin siquiera sospecharlo, se mueven."

"Porque soy la presencia intrusa que los habita."

El autor agradece el apoyo brindado
por el Sistema Nacional de Creadores de Arte
para la escritura de este libro.

Índice

Mauricio Montiel Figueiras (Guadalajara, 1968) ha publicado cuento, poesía, ensayo, crónica, entrevistas y crítica literaria y cinematográfica en los principales diarios y revistas de México así como en Argentina, Brasil, Canadá, Chile, Colombia, Estados Unidos, España, Inglaterra e Italia. Ha sido becario del Fondo Nacional para la Cultura y las Artes, de la Fundación Rockefeller y de The Hawthornden Retreat for Writers. En 1993 obtuvo el Premio Nacional de Poesía Joven Elías Nandino, y en 2000 el Latinoamericano de Cuento Edmundo Valadés. Ha publicado, entre otros títulos, los libros de cuentos *Páginas para una siesta húmeda*, *Insomnios del otro lado* y *La piel insomne*; los libros de poesía *Mirando cómo arde la amarga ciudad* y *Oscuras palabras para escuchar a Satie*; la novela *La penumbra inconveniente*; y las colecciones de ensayos *Terra cognita*, *La brújula hechizada* y *Paseos sin rumbo*. Es miembro del Sistema Nacional de Creadores de Arte.

Títulos en Narrativa

TIERRAS INSÓLITAS
Luis Jorge Boone

CIUDAD FANTASMA RELATO FANTÁSTICO
DE LA CIUDAD DE MÉXICO (XIX-XXI) I
Bernardo Esquinca y Vicente Quirarte

DEMONIA
LOS NIÑOS DE PAJA
Bernardo Esquinca

CARTOGRAFÍA DE LA LITERATURA
OAXAQUEÑA ACTUAL II
CARTOGRAFÍA DE LA LITERATURA
OAXAQUEÑA ACTUAL
VV. AA.

EL HIJO DE MÍSTER PLAYA
Mónica Maristain

EL BARRIO Y LOS SEÑORES
JERUSALÉN
HISTORIAS FALSAS
AGUA, PERRO, CABALLO, CABEZA
Gonçalo M. Tavares

HORMIGAS ROJAS
Pergentino José

BANGLADESH, TAL VEZ
Eric Nepomuceno

PURGA
Sofi Oksanen

CUARTOS PARA GENTE SOLA
POR AMOR AL DÓLAR
REVOLVER DE OJOS AMARILLOS
J. M. Servín

MÁS ALLÁ DE LA SOSPECHA
Philippe Ollé-Laprune

LA TORRE DEL CAIMÁN Y ROSETE SE PRONUNCIA
Hugo Hiriart

Títulos en Ensayo

CIUDAD TOMADA

de Mauricio Montiel Figueiras
se terminó de
imprimir
y encuadernar
en 27 de marzo de 2013,
en los talleres
de Litográfica Ingramex,
Centeno 162,
Colonia Granjas Esmeralda,
Delegación Iztapalapa,
México, D.F.

Para su composición tipográfica se emplearon las familias Bell Centennial y Steelfish de
11:14, 37:37 y 30:30. El diseño es de Alejandro Magallanes. La impresión de los interiores
se realizó sobre papel Cultural de 75 gramos y el tiraje consta de dos mil ejemplares.